추.근.추.근.하.시.지.라.

홍림의 마음
넓고 붉은 숲이라는 중의적 의미를 닮고 있는 〈홍림〉은, 세상을 향해 그리스도인들이 추구해야할 사유와 그리스도교적 행동양식의 바람직한 길을 모색하고자 노력하고 있습니다. 폭넓은ᴴ 독자층ᴴ을 향해 열린 시각으로 이 시대 그리스도인의 역할 고민을 감당하며, 하늘의 소망을 품고 사는 은혜 받은 '붉은 무리'ᴴᴴ:홍림로서의 숲을 조성하는데 〈홍림〉이 독자 여러분과 함께하고자 합니다.

우이도 주민들,
그들만의 힐링스타일

지은이 | 지정희

1판 1쇄 인쇄 2014년 3월 20일
1판 1쇄 발행 2014년 3월 25일

펴낸곳 | 홍 림
펴낸이 | 김은주

본문 사진 | 오제신
표지 디자인 & 일러스트 | 이승희
본문 디자인 | DANSIM

등 록 제312-2007-000044호
주 소 서울 서대문구 거북골로14길 60
전자우편 hongrimpub@gmail.com
전 화 070-4063-2617
팩 스 070-7569-2617

블로그_ http://blog.daum.net/border
트위터_ https://mobile.twitter.com/@hongrimpub
전자메일_ hongrimpub@gmail.com

값은 표지에 있습니다.

ISBN 978-89-6934-001-6 (03810)

출판시도서목록(CIP)은 334p에 있습니다.

우이도 주민들,
그들만의 힐링스타일

추근추근

하시지라

지정희 지음

홍림

2부
나누며 사는 삶

3부
울며 씨를 뿌려야 하는 이유

4부
고단한 세월을 살았어라

머리말

사람이 '달라졌다.' 또는 '변했다.' 고 말하는 경우가 있다. 삶이 바뀌어졌다는 말이다. 그 사람의 인생관, 철학관, 또는 가치관이 달라졌다는 뜻이다. 쉽게 말하자면 살면서 가장 중요하게 생각했던 소중한 것들의 순서가 바뀌어졌다는 의미다.

사람은 어떤 경우에 바뀌게 될까? 나의 길을 바꾸도록 영향력을 행사하는 것은 무엇일까? 사람들은 그 답을 '만남'이라고 말한다. 누구를 만나느냐에 따라 세상을 바라보는 시각(視覺)이 바뀌어지고, 시간을 재는 관념이 바뀌어지고 일상의 자세가 달라진다. 절대가치를 상대화시킬 수 있게 되고, 두려움과 자격지심과 외로움에서 벗어날 수 있게 된다.

꿈 많던 20대 초반, 나에게 찾아 오신 예수님을 만난 후 나의 삶은 BC와 AD로 나뉘어졌다. 대학 2학년 겨울방학, 대학생 선교회 수련회에서의 일이다. 예수를 만나면서 일생을 함께 할 꿈 많던 청년을 만났고 4년의 연애 끝에 우리는 결혼했다.

그 후로 내 삶을 주장한 이는 오직 예수와 남편이었다. 남편 스스로는 늘 꿈을 꾸며 산다고 하지만 내가 보기에는 꿈속에서 사는 사람이다. 꿈이 남편을 설레게 했고 어려움을 잊게 했고, 변화를 고요한 마음으로 받아들이게 했다. 그 남편 곁에 늘 내가 있었다.

2003년 봄, 정년을 6년 남긴 남편이 마지막 꿈의 성취를 믿음으로 확인하자면서 섬으로 들어왔다. 남편도 그랬겠지만 나는 섬 생활이 충분히 준비되지 않은 상태였다. 그때까지 도회에서만 한평생을 살아왔으니, 주민 전체가 10여 명 남짓한 작은 섬이 고요함과 청명함을 제외하고는 모든 것이 낯설고 두려웠다.

한반도 서남쪽 먼바다에 위치한 우이도라는 낙도에 들어오게 된 지 올 해로 만 10년이다. 섬에 들어와 처음 몇 해는 마음이 서울에 있었다. 한 달에 한 차례씩은 서울을 오르내렸다. 서울에 가 익숙했던 곳에서 생필품을 사서 나르고, 단골 미장원에 들려 머리를 하고, 동네 목욕탕에서 낯익은 사람을 만나야 마음이 편해졌다. 남편과 다르게 나의 섬 생활 초기는 알맹이가 없는 껍데기일 뿐이었다.

그러면서 두어 차례 바뀌고, 새 계절을 몇 차례 겪으면서부터 놀랍게 변화하는 나 자신을 발견할 수 있었다. 사철 다르지만 변함없는 조화와 아름다움을 보여주는 대자연에 내 몸과 마음이 녹아들기 시작했다. 인간이 주인공이 되어 만든 도시의 문화를 무색하게 하는 자연의 근원적인 색깔과 질서에 매료 되었다. 우리 삶의 모든 것이 대지의 가슴인 어머니 흙에서 잉태 되었다는 의식이 들게 되면서부터였다.

철 따라 땅에서 솟아나고 나무에서 열리는 먹거리를 손으로 만지고 꺾어 상에 올리고, 바다가 주는 미처 알지 못했던 풍성한 해산물을 손수 거둬들이는 맛은 세상 어떤 즐거움과도 바꿀 수 없게 되었다. 몸도 마음도 영혼도 자연의 리듬에 맞춰 생활하는 자연스런 삶을 살게 된 것이다.

아침마다 창문을 열면 밀물처럼 밀려오는 바다가 나를 전율케 한다. 겨울 밤 칼바람을 들으면서는 내 혈관에 흐르는 피가 샘물처럼 청량해짐을 느낀다. 여름 날, 푸른 바다에 쏟아지는 눈부신 햇빛 아래 서면 나를 둘러싼 시간이 멈춰버린다. 안개가 섬을 싸안고 사라진 날은 내가 다른 행성에 떨어져 있다는 착각에 빠진다. 자연 속에서 창조주의 숨결과 어루만짐을 느낀다.

섬 생활에서 얻는 축복을 부족한 나의 문장으로 제대로 표현하지 못해 미안할 뿐이다. 섬에게, 바람에게, 안개에게, 파도소리에게, 풀잎에게.

올해 67세의 남편과 64세인 나는 우리 섬에서는 한창 젊은 부부에 속한다. 세 손주의 할머니인 나를 새댁이라고 부르는 이도 있다. 덕분에 세상 나이를 잊고 산다. 죽을 때까지 세월의 나이는 잊고, 자연이 주는 푸르름과 즐거움 속에서 살다 가고 싶다.

이 글은 2006년부터 2008년까지 2년 간, 《기독교타임즈》에 '지권사의 섬사람 자연이야기'라는 제목으로 연재한 섬 이야기를 묶은 것이다. 당시 섬에 들어온 지 4년 째, 섬 생활의 모든 것이 미숙하고 생경스러운 가운데에서도 꿈은 풍성했고 열정은 흘러 넘쳤다. 미숙한 글이지만 꿈을 가진 이들과 나누고 싶어 책으로 엮는 만용을 부린다.

처음 《기독교타임즈》에 연재를 소개해 주셨던 방원철 목사님, 격려의 눈빛을 보내준 세검정교회 교인들, 옛날 원고를 끄집어내 책으로 엮자며 내게 바람을 넣어 준 홍림 김은주 님께 말로 표현하기 힘든 감사를 드린다. 곁에서 내 어깨를 두드려주면서 '원래 이건 내 꿈속에 들어 있던 거야.' 하던 남편, 이제는 내가 남편의 어깨를 주물러 줘야겠다.

여기에 사는 즐거움

섬에 들어오기 전에 우연찮게 일본 작가 야마오 산세이의 책을 읽게 되었다. 제목이 마음에 들어서 샀지만 책 제목의 '여기'가 그가 살았던 일본 열도 가고시마에서 약 100킬로미터 아래쪽에 있는 남쪽의 작은 섬 '야쿠시마' 인지는 몰랐다.

섬에 들어온 후 다시 그 책을 읽으면서 그가 살았던 섬과 내가 사는 섬의 공통점이 의외로 많은 것에 놀랐다. 그리고 그 공통점의 중심에는 땅이 있고, 땅에는 당연하게도 흙이 있다는 사실을 이곳에서 비로소 깨닫게 되었다.

야쿠 섬에서 자라는 여러 가지 식물과 유실수, 그리고 갯가에서 나는 것들은 이 섬과 놀랍도록 일치한다. 예를 들어, 우리 부부도 4년 전 심어 이제 열매를 기다리고 있는 비파나무와 매화, 그리고 후박나무가 야쿠 섬에도 자라고 있고, 봄이면 고사리와 쑥 털머우 천남성이 양쪽 섬에 넘치도록 많다.

여름에는 산딸기가 지천이고, 갯바위에서 자라는 갑각류인 거북손과 배말 등을 사철 먹을 수 있는 것도 닮았다. 그 책을 읽고 우리도 텃밭에 토란을 심어서 먹고 있다.

도시에 살 때 흙은 경원의 대상일 뿐이었다. 몸에 묻으면 물로 깨끗이 씻어야 하고, 옷에 묻으면 탈탈 털어야 하는 불결한 것이었다. 모든 먹거리가 실은 흙에서 나왔지만, 상품이 된 후에는 깨끗이 씻겨진 다른 얼굴을 하고 마트 진열장에 놓여진다. 나는 거기서 한 번도 그것들의 모태인 흙을 연상하지 못했다.

어디 먹거리뿐일까? 콘크리트로 지어진 아파트에서 생활하고 또 보도블록으로 덮인 길을 걸어서 차를 타고 고층 빌딩으로 출근한다. 흙을 밟아볼 수조차 없다. 현대인들의 생각과 삶에서 흙이라는 개념은 잊혀진지 오래다.

우리 부부가 섬에 들어와 맡은 첫 과제는 흙과 친해지는 것이었다. 쉽지 않았다. 도시에서의 버릇대로 방안에 들어온 흙과 모래를 털고 쓸고 닦느라 힘들었다. 그런데 어느 해 나는 봄이 마치 나비처럼 홀연히 흙에 내려앉는 것을 보았다.

향기로운 쑥이 땅에서 올라왔고, 향긋한 달래 향이 흙에서 풍겨 나왔다. 머윗잎도 땅속에서 동그란 얼굴을 내 밀었다. 나는 그 것들을 손으로 만지고 캐다가 흙과 친해지게 되었고, 흙이야말로 만물이 꿈틀거리는 생명의 근원임을 머리가 아닌 몸과 마음으로 느끼게 되었다.

물기를 머금은 따뜻한 흙, 그것은 그것 없이는 우리가 살아갈 수 없는, 이 세상 최상의 것이다.

야마오 산세이는 이렇게 표현했다. 나 역시 어느덧 그렇게 생각 하며 살고 있다. 내 평생의 제일 신나는 모험은 흙으로 돌아온 것 이다. 가장 큰 축복은 도시가 아닌 자연에서 살게 된 것이다.

가을 첫 수확한 토란

        봄이면 섬에는 고사리와 쑥 털머우 천남성이 넘치도록 많다.
여름에는 산딸기가 지천이고, 갯바위에서 자라는 갑각류인 거북손과 배말 등을 사철
먹을 수 있다. 텃밭에 토란도 심어서 먹고 있다.

쌀 한 포대의 행복

우리는 매 주일 배를 타고 도초도로 예배를 드리러 가면서 농협 마켓에 들러 장을 봐 온다. 우리가 사는 섬에는 구멍가게 하나 없어 많은 부분을 자급하며 살지만, 논농사를 지을 수 없어 쌀을 비롯해 뭍에서 들여와야 할 것들도 적지 않다.

일주일에 한 번 보는 장은 콩나물과 두부, 계란 그리고 군것질을 좋아하는 남편을 위해 약간의 간식과 우유를 사는 정도다.

2월 마지막 주에 주의보가 내려 도초도에 나가지 못한 우리는 그날 구입했어야 하는 쌀을 들여오지 못했다. 며칠 전부터 쌀이 달랑달랑 했다. 엊그제 아침, 일이 있어 광주에 나가는 남편을 위해 쌀 포대를 탈탈 털어 밥을 지었다.

우리와 한 마당에 사는 김 영감님 내외도 서울 아들네 다녀온다고 며칠 전 나가 집이 비어 있었다. 만만한 분이 뱃머리 앞에 사시는 문 할머니였다. 나는 슬그머니 놀러갔다. 아무 볼 일 없이 갔는데도 언제나처럼 반겨 주고 "식사하겄소?"(식사했소?) 하며 따뜻하게 대해 주셨다. 그 바람에 예정에도 없던 말이 톡 튀어나왔다.

" 할머니, 아침에 쌀이 떨어졌어요. 떡국을 끓이려고 했더니 계란도 없고, 별 찬거리도 없네요. "

나도 세 손주의 할머니건만, 올 해 85세로 나에게는 어머니 같은 문 할머니께 이 정도 어리광을 못 피우랴 싶었다.

" 왜 진작 말 안 했소? 달라면 될 텐디…. "

도시에 살던 내가 남의 집에 가서 쌀을 달래는 숫기가 어디서 나왔을까?

모레 오 장로가 들어오면서 사올 거라고 했더니 문 할머니는 그동안 해 먹으라며 플라스틱 바가지에 쌀을 가득 담아 주셨다. 거기다가 엊그제 딸네 집에 다녀오며 얻어온 가래떡 네 개 중 두 개, 계란 다섯 개, 양념해서 찐 우럭 한 마리까지 비닐봉지에 따로 넣어 주셨다. 일어나면서 보니 벽에 붙은 보일러 조절기에 빨간 점검등이 깜박이고 있었다. 섬에서는 한글을 읽으면 뭐든 고칠 수도 있어야 한다. 기술자가 따로 없다. 나는 보일러실에 들어가 단추 몇 개 누르고 재가동을 했다. 곧 문제없이 돌아갔다.

그 새 할머니는 마당 텃밭에서 배추 한 통과 무 몇 개를 뽑아 가져 가라고 내놓으셨다. 보일러를 수리해(?) 줬다고 내 등 뒤에 대고 "감사합니다. 복 많이 받으씨요." 라며 좋아하신다.

남편은 섬에 들어오면서 목포시장에 들려 장을 봐 왔다. 간 고등어 두 손을 사왔다. 현미 30킬로그램과 손님용으로 내놓을 백미 10킬로그램을 함께 들여왔다.

오랜만에 기름에 노릇하게 구운 짭짤한 간 고등어와, 얻어온 얼갈이배추로 끓인 된장국, 그리고 밭에서 바로 캐 양념장에 버무려 먹은 달래에 입맛이 한껏 당겼다.

그날 저녁, 마루방에 들여놓은 꽉 찬 쌀 포대를 힐끗거리며 남편과 나는 세상에 부러울 것이 없었다.

사철 채소가 자라는 문 할머니 텃밭

　　　　　　　　　　　　　할머니는 마당 텃밭에서 배추 한 통과 무
몇 개를 뽑아 가져 가라고 내놓으셨다. 보일러를 수리해(?)줬다고 내 등 뒤에 대고 "감
사합니다. 복 많이 받으씨요."하며 좋아하셨다.

옛날로 돌아가기

내가 사는 섬에는 '마세'라는 아름다운 해변이 있다. 그 해변이 한 눈에 내려다 보이는 언덕에 450평 가량의 너른 밭이 있다. 9년 전 나무를 심으려고 매입했다. 그 밭 한 편에 허물어져가는 듯 보이는 한옥 한 채가 딸려 있었다.

6.25 때 지었다고 하니 50년이 훨씬 넘었고, 마지막 살던 사람이 떠난 지도 15년이 넘은 집이었다. 마당은 잡풀과 찔레가시로 둘러싸여 귀신이라도 나올 듯 보였다. 실제로 출입하기도 힘들어 한동안은 들어갈 엄두를 못 냈다.

용기를 내서 낫으로 잡풀을 치고 드나들기 시작하다가 남편과 함께 그 집을 수리하기로 마음먹고 본격적으로 일을 시작한 것이 8

년 전 봄이었다. 물론 집수리에 대한 지식은 없었다. 다만 평소에 목공일을 좋아해 한 번 눈으로 본 것은 무엇이든 어렵지 않게 만드는 남편이기에 집을 짓는 것은 어려워도 수리는 할 수 있을 것 같았다.

섬을 방문한 남편 후배 건축가의 자문도 받았다. 오래 되었지만 보기보다 튼튼하게 지어져 잘 고치면 앞으로 50년은 충분히 살 수 있다는 진단이었다.

마루방 두 개와, 너른 부엌을 사이에 두고 온돌방이 두 칸, 그리고 부엌 옆에 창고가 붙어있는 제법 큰 집이다. 우리 부부는 2년 간 틈날 때마다 연장을 챙겨들고 들락거렸다. 구멍 난 슬레이트 지붕과 썩은 서까래를 갈았다. 썩어서 무너진 기둥 여섯 개와 가로로 된 몇 개의 보를 교체하는 일이 제일 힘든 작업이었다. 우리는 '기둥뿌리가 썩는다.'는 말을 직접 목격했다. 대청마루방 두 칸과 앞마루를 다 뜯어내고 새 송판을 짜 끼워 넣었다. 지붕 처마를 돌아가며 플라스틱 물받이 챙을 달아 장마에 대비했다. 남편은 아마추어 수리공이었고, 나는 그 수리공의 미숙한 조수였다.

그리고 마침내 남편의 특기인 목공기술을 발휘해서 방마다 나무 문짝을 짜고, 시골에 사는 사촌형에게 부탁해 특별히 구해온 무쇠 돌쩌귀를 끼워 달았다. 정지문은 열고 닫을 때 마다 '삐거덕'소리가 나야한다고 해 아카시아 기둥으로 나무 돌쩌귀를 만들어 끼웠다. 입춘문(立春文)도 써 붙였다. 드디어 제법 사람 사는 집같아 보였다.

다음으로 군데군데 허물어진 벽을 황토로 메우는 일, 온돌방에 구들을 놓는 큰일이 남았다. 섬에는 황토가 없어 뭍에서 트럭으로 들여와야 했다. 요즘 들어 흙벽을 바르는 사람이 거의 없어 기술자를 구할 수도 없다.

출석하는 교회에서 흙일을 해 본 몇 분이 와 준다고 고맙게도 벼르기도 했다. 집이 미완성이던 때에도 마당에 앉아 정다운 돌담 너머로 바라보는 모래사장과 바다의 풍경은 언제나 완성품이었었다.

나는 남편과 한옥 옆의 텃밭을 매고, 감자와 토란을 심었다. 그리고 마당에 임시로 만든 아궁이에 그간 쌓아놓았던 쓰레기를 태우고, 남은 불에 절편을 구웠다. 힘든 일을 마치고, 기름에 노릇노릇 지진 고소한 떡을 먹으며, 잦아드는 불을 바라보고 있노라니 가슴 가득 행복감이 차올랐다.

옛 사람들은 아궁이 하나로 쓰레기를 태우고, 음식을 해 먹고, 난방도 하는 일석 삼조의 지혜로운 생활을 했구나 생각하면서.

남편이 만들어 끼운 폐가의 대청문
곧 귀신이라도 나올 것 같은 폐가를 수리하면서 제일 먼저 뻥 뚫린 문짝을 해 달고, 문고리를 만들어 끼웠다. 재미있고 앙증맞게 만들었다.

새 가족

섬의 우리 집에 식구가 보태졌다. 그것도 어마어마한 숫자의 식구다.

 남쪽 지방에서 자라는 매화는 봄이 시작되기 전 2월 말부터 꽃이 피기 시작한다. 아직 벌 나비가 나오기 이전이다. 벌 나비가 없으면 꽃가루받이를 할 수 없고, 아무리 꽃이 많이 피어도 열매가 되기 어렵다.

 그래서 일찍 피는 매화꽃의 가루받이를 위해 광주에서 양봉을 하는 남편의 후배에게 벌통을 주문했다. 그 사이 남편과 나는 양봉에 관련된 책을 열심히 읽었지만 이해하기 힘들었다. 기본적인 지식만 머리에 담고, 나머지는 실전에서 익히기로 마음먹었다.

드디어 한 달 전인 2월19일, 벌통이 들어왔다. 매화나무 2백여 주가 심겨져 있는 마세 밭의 온화하고 양지바른 언덕에 후배와 남편이 공을 들여 벌통을 설치했다.

우리 부부는 후배로부터 이틀에 걸쳐 교육을 받았다. 발등에 떨어진 불이라, 한 마디 한 마디를 허투로 들을 수 없었다. 벌은 기온에 민감해서 간수를 잘못 하면 다 죽어버릴 수도 있다는 말에 긴장이 됐다. 지금 막 꽃을 피우기 시작하고 있는 60여 주의 올 매실 농사의 성패가 이 조그만 것들에 달려있는 것이다.

그런데 2월 하순과 3월 초 섬은 바람이 불고 추웠다. 봄이 오다가 다시 겨울로 돌아간 것 같았다. 벌들이 추울까봐 벌집을 담요와 볏짚으로 덧싸매 주었다. 날마다 벌통 입구에 쪼그리고 앉아 소문(小門, 벌이 드나드는 문)으로 벌이 나와 기억비행(밖으로 나와 벌통 주위를 돌며 방향을 익히는 것)을 해 주기를 기다렸다. 그동안 겨우 대여섯 마리의 벌이 드나드는 걸 목격했을 뿐이었다. 보름 넘게 기대와 불안이 교차했다.

3월 10일이 되어서야 날씨는 봄 날로 돌아왔다. 그날 아침, 마음은 벌써 마세 매화 밭에 가 있었다. 기온이 한껏 오른 한 낮, 밭 입구에 들어서자 청매와 홍매의 활짝 핀 꽃에서 풍기는 풋풋한 과일 냄새의 신선하고 은은한 향내가 공기를 가득 채우고 있었다. 그리고 따뜻한 햇볕 아래 벌 무리들이 붕붕거리며 꽃과 꽃

사이를 헤집고 다니는 게 눈에 들어왔다.

 그걸 보는 순간 나도 모르게 눈시울이 뜨뜻해졌다. 남편이 볼까 얼른 얼굴을 바다 쪽으로 돌렸다. 벌과 꽃이 어우러지며 상생하는 자연의 오묘한 조화를 실화로 보고, 듣고 있는 것이다.
몸에는 전율이 일고, 자연이 부르는 환희의 합창이 귀에 들렸다. 벌들이 무섭기는커녕 이 작은 생명이 너무 예쁘고 귀여워, 할 수만 있다면 쓰다듬고 어루만져 주고 싶었다.

 그 날, 남편과 나는 훈연기에 말린 쑥을 넣고 연기를 피우며 처음으로 벌통을 열어봤다. 여왕벌 한 마리와 셀 수 없이 많은 일벌들과 인사를 나눴다. 이런 멋진 식구를 가족으로 맞게 해 준 자연에 감사했다. 이렇게 해서 수천 마리의 벌 가족이 이제 우리 식구가 되었다.

벌통을 열어보는 부부
　　　　　　　　양봉 초짜인 우리 부부가 겁도 없이 벌통을 열어 여왕벌의
유무를 확인하고 있다. 이 날 남편은 벌에 몇 방 쏘였다.

샘이 터지던 날

외딴 섬에서 가장 소중한 것이 물이다. 가을부터 가물기 시작한 섬에 겨울이 다 가기까지 비가 내리지 않았던 적이 있다. 겨우 바닥을 적시는 우물물은 건건해서 마실 수 없었다. 게다가 장마 후 산에서 흘러내리는 물을 받아 저장한 마을 공동 집수탱크도 바닥이 마른 지 오래였다.

평소 동네 사람들은 집수탱크와 마을 공동 우물에 물이 찰 때 펌프를 이용해 자기 집 지붕 위에 있는 물탱크에 물을 채워 넣는다. 그리고 다음 해에 비가 내려 소위 샘이 터질 때까지 물을 아껴 쓰고 아껴 마신다.

그런데 긴 가뭄 끝에 금싸라기 같은 봄비가 오락가락 하더니 급

기야 장맛비 같은 굵은 빗줄기가 밤새 쏟아져 내렸다.

평소에는 봄비가 몇 차례 내린 후 5월에 들어서야 샘이 터지는데 3월 초에 내린 하룻밤 장대비로 샘이 터졌다. 우물에 샘이 솟는다는 말이다. 우리가 사는 집(옛날 학교 관사) 지하에도 물탱크가 있다. 비상용으로 저장해 놓은 이 지하탱크 물도 바닥을 드러낸 지 오래였다.

비가 오면 우리 집 지하 탱크에 물이 먼저 차고 나야만 마을 공동 집수탱크에 흘러가도록 파이프가 설계 되어 있다. 겨우내 동네 사람들의 인사는 "비가 좀 와야 할텐디….." 였다. 드디어 기대하지 않았던 장대비가 내리던 날 이른 새벽, 지하실에서 '똑 똑' 물 떨어지는 소리가 들렸다.

이 소리는 잠시 후 '쪼르륵 쪼르륵' 소리로 바뀌었다. 지하 탱크에 물이 들어오기 시작한 것이다. 물은 몇 시간 만에 콸콸 소리를 내며 지하탱크를 가득 채웠다. 아침을 들자마자 비를 맞으며 마을 공동 집수탱크의 무거운 콘크리트 뚜껑을 열어보았다. 그곳에도 물이 채워지고 있었다.

겨우 내 가뭄 때문에 신경을 쓴 우리 부부와 달리 주민들은 태평했다. "5월이 돼야 샘이 터지지라." 하면서 별 조바심도 치지 않는다. 그리고 할 수 있는 한 물을 아끼는 것이다. 그래도 집수탱크에 물이 가득 고이고 우물이 넘치는 날 아침, 동네는 잔칫집

분위기였다. 집집마다 갑자기 바빠졌다.

자동펌프를 돌려 지붕 위 탱크에 물을 올렸다. 밀린 이불 빨래도 했다. 바다로 향한 긴 빨랫줄에 빨래가 가득 널려 펄럭였다. 아침부터 남편과 나는 실실 삐져나오는 웃음을 참을 수 없었다. 이제는 적어도 여름 장마 때까지 물 걱정을 안 해도 될 것이기 때문이었다.

어디 탱크만 채웠는가? 처마 밑에 놓아 둔 대형 고무 다라에도 물이 철철 넘쳤다. 허드렛물로 쓸 것이다. 괜히 마당을 왔다갔다 가로지르며 서로 마주칠 때마다 웃음을 흘렸다.

우리 부부는 섬에 살면서 자연과 하나님께 순응하는 감사를 새롭게 배웠다. 바람과 파도를 일으키고 비를 내리시는 분이 누구인가를 피부로 알게 되었다. 이곳에서는 내가 조정할 수 있는 부분이 참으로 적다. 하나님 하시는 것에 순응하는 법을 아기가 걸음마 배우듯 할 뿐이다.

남편과 비옷을 입고 며칠 전 옮겨 심은 나무들이 생명과 환희의 노래를 부르는 모습을 보러 나갔다. 긴 기다림 끝에 자연이 베푸는 기쁨과 감사는 한없이 깊고 달콤했다.

비가 오면 물이 흘러 들어가는 집수통
　　　　　　　　　　　　　비가 여러 날 동안 내려 땅에 물이 흠씬
젖어들면 얼마 후 파이프를 타고 이 집수통으로 물이 흘러 들어간다. 우리는 이 물을
펌프를 이용해 지붕 위에 설치한 물탱크로 올려 식수로 사용한다.

사랑하니까

 엊그제 우리 부부는 아침 배를 타고 목포에 나갔다. 손주들을 섬
으로 데리고 들어오기 위해서다. 진해에 사는 큰아들이 유학관계
시험을 보러 일본에 가면서 모처럼 아내와 함께 다녀오겠다며,
며칠간 아이들을 봐 달라고 한 달 전에 부탁했었다.

 두 살 터울의 세 아이들 중, 이제 돌 지난 막내는 서울 외가에
맡기고, 위로 두 남매는 섬에서 우리가 데리고 있기로 약속했다.

 처음으로 아빠 엄마와 헤어지는 것 보다, 세 아이가 서로 떨어
지기를 싫어해 걱정이었다. 다행히 외할머니와 있는 막내도 잘
있고, 섬에 들어온 손주들도 우리 일상에 맞춰 삼 일째 잘 지냈
다.

평소 목공일을 좋아하는 남편은 섬에 들어오면서 자신의 작업장을 갖는 것이 꿈이었다.

우리가 거주할 폐교의 수리를 마친 그 다음 해 여름, 목포에서 들어온 인부 네 명이 상주하면서, 교실 옆 공간에 빠듯하게 열 평짜리 창고를 지었다. 학교에서 아이들이 공동으로 사용하던 재래식 화장실이 있던 자리다.

창고가 지어지자 남편은 평소에 갖고 싶었던 공구와 기계들을 목포와 서울에서 틈틈이 사서 등짐으로 져 들여왔다. 한 쪽에는 판자와 각목도 쌓아두었다.

창고에 들어서면 목공소나 기계 수리소가 아닌가 하는 착각이 들 정도다. 남편은 섬에서 사용하는 각종 기계를 고치는 것은 물론이고, 집에서 쓰는 식탁과 의자, 그리고 웬만한 소도구들은 직접 만들어 사용한다.

큰손자 생일에는 아이가 좋아할 만한 장난감을 나무로 깎아, 대패질하고 이름을 새겨 니스를 칠해 만들어 보낸다. 손자에게 어울리는 그럴듯한 총, 나무를 깎아 만든 날에 손잡이는 염소 뿔을 박아 모양을 낸 칼, 그리고 동화책에 나오는 도깨비 방망이도 만들어 보내줬다. 큰 손자는 생일이면 으레 섬 할아버지가 만들어 보낼 선물을 기다린다.

어제는 아이들을 데리고 마세 매화 밭에 가서 벌통에 들락거리는 벌들을 구경했다. 남편은 한 달 전에 옮겨 심은 편백과 메타세쿼이아가 봄가뭄에 말라죽을까 걱정이 돼, 우물물을 퍼 준다며 펌프와 호스를 지게에 지고 산등성이 너머 떨밭 우물가에 가져다 놓았다.

집으로 돌아오는 길에 아이들이 다리 아프다고 업어달라고 한다. 남편의 높은 지게 위에 손녀가 앉아 조잘거린다.

"하야부지, 왜 맨 날 오빠만 장난감 만들어줘요?"

그러자 할아버지는 손녀에게도 나무총을 만들어 주겠다고 약속한다. 집에 들어서자마자 남편은 창고로 들어가 나무를 자르고 대패질을 한다.

'할아버지가 또 뭘 만드시나? 오늘 일을 많이 해서 피곤하실 텐데….'

혼자 중얼거리는 내 말을 손녀가 들었나 보다. 작년 8월에 세 돌을 지낸 손녀가 역시 혼자 말처럼, 들릴 듯 말 듯 종알거린다.

"사 랑 하 니 까"

손녀

　　진해에 사는 큰아들이 사정이 생겨 며칠 동안 섬에 아이들을 맡겼다. 손주 남매
는 우리 일상에 맞춰 아주 잘 지냈다.

사람이 살았다 할 것이 없제

우리 부부를 제외한, 열세 명 주민의 평균연령이 74세인 이 섬에 섬에 들어간지 4년이 채 못 되었을 때 한 분이 돌아가셨다. 80대 노인 세 분이 관절염으로 고생하는 것 외에 치명적인 질병이나, 도시에서 흔한 치매에 걸린 분은 없었다.

최고령인 91세의 박 할머니가 중풍으로 쓰러져 요양병원에 계시던 때다. 가족은 물론이고 우리들도 할머니가 하나님 품에 안겼다는 소식을 고대하고 있었는데, 느닷없이 건강하게 잘 지내던 이곳 섬 교회 목사님 사모님이 소천하셨다.

목사님 내외분은 67세 동갑이었다. 오랫동안 사모님은 남편과 떨어져 서울서 혼자 직장 생활을 했다. 그래서 목사님이 이곳 섬에서 홀로 생활하며 목회를 했다. 그 동안 사모님은 일 년에 한 차례 휴가를 받아 며칠 내려오는 게 고작이었다. 그러다가 직장 생활을 끝내고 드디어 주민들의 환영을 받으며 섬으로 들어와 목사님과 함께 생활한지 2년이 채 못 되었다.

목사님은 원래 목수였다. 50대 후반의 나이로 늦게 신학을 공부해서 60이 넘어 목회를 시작하게 되었다. 건축기술자가 귀한 섬에서 건축 관계의 모든 일을 소화해 내실 수 있는 분이었다.

우리가 처음 섬에 들어올 때 우리 집 개조하는 공사를 목사님이 맡아주었고, 몇 년 전까지만 해도 나무를 때서 난방을 하던 주민들의 집에 기름보일러를 달아 주셨다. 수세식 화장실과 부엌 싱크대 뿐 아니라 슬레이트로 지붕의 처마를 달아내고 알루미늄 샤시문을 달아 집집마다 마루방을 만든 것도 목사님의 작품이다.

교회서는 목회자요, 밖에 나오면 머리에 수건을 두른 작업복 차림의 인부 모습이었다. 사모님이 들어온 후에는 텃밭을 일궈 밭농사를 짓고, 키우던 염소가 새끼를 낳았다고 두 분이 무척 좋아했던 모습도 눈에 선하다.

이 섬에는 물론 병원이 있을 리 없다. 사고는 목사님이 잠시 산에 올라간 사이 일어났다. 혼자 계시던 사모님이 뇌출혈로 쓰러진 것이었다. 발견한 후 119에 연락해서 헬기로 긴급구호를 요청하느라 또 시간을 지체했다.

결국에는 모든 게 여의치 않아 동네 앞에 있는 가두리양식장의 모터보트를 불러 타고 도초도에 있는 병원에 가기까지 한 시간 이상이 지체 되었다. 모두들 발만 동동 굴렀다. 십 분 거리의 우이도 본도에 보건소가 있었지만 촌각을 다투는 위급 상황에서는 별 도움이 못 됐다. 결국 보트를 타고 가는 도중 사모님은 숨을 거두고 말았다.

사모님이 뭍에 살면서 인근 병원에 바로 옮길 수 있었다면 생명을 건졌을지도 모르겠다고 모두들 생각하는 눈치였다. 그러나 그런 내색을 하는 사람도, 또 입 밖으로 표현을 하는 사람도 없었다. 자신에게도 언제든 일어날 수 있는 일이라고 생각해서일까? 다만 이구동성으로 읍조리는 말은 "사람이 살았어도, 살았다고 할 수 읍제"였다.

하늘나라에 가 계신 사모님의 명복을 빌 뿐이다.

우이도 주민들

  기도원의 자매 한 분이 섬에 들어 와 1년을 지내고 떠나던 날, 동네 주민들과 함께 찍은 단체 사진.

살아있는 무인도

2월 마지막 주, 우리 부부는 오랜만에 무인도인 죽도 섬에 다녀 오기로 했다.

날씨는 제법 쌀쌀했지만 햇빛은 밝고 잔잔한 수면에는 물비늘 이 눈부셨다. 죽도는 우리가 사는 섬에서 남쪽으로 4킬로미터 즘 떨어진, 9년 전에 무인도가 된 섬이다. 맑은 날 우리 섬에서 남 쪽 방향으로 바라보면 손에 잡힐 듯 가깝게 보인다.

옆 집 김 영감님의 부인인 나와 동갑내기 만희 씨가 마당에서 빨래를 널다가 우리가 죽도에 간다는 소리를 듣고는 신발만 갈아 신고 얼른 따라 나왔다. 죽도가 고향인 영감님은 8년 전 이 섬으 로 이주한 후에도 늘 그 섬을 잊지 못해 한다.

전 날, 남편은 우리 선외기 에녹호를 평소 정박해 놓는 우이도 본도에서 가져다 집 앞 뱃머리에 매 놓았다. 벌써 배의 시동을 걸고 빨리 타라고 소리를 지른다. 나는 준비한 점심 배낭을 메고 장화를 신고 만희 씨와 배에 올랐다.

섬 전체 면적이 3만 평쯤 되는 죽도는 사방이 깎아지른 암벽으로 배가 접안하기 쉽지 않다. 주위에는 늘 파도가 친다. 덕분에 지난 6년 간 남편이 배를 가지고 드나들며 훈련을 많이 받았다. 배가 섬 가까이 가면 우선 알맞은 접안 장소를 염두에 두고 적당한 거리에 닻을 놓아야 한다.

닻을 내리고 배가 접안할 암벽에 배를 붙이면 이물(배의 앞머리)에 잘 감겨 있는, 끝에 쇠갈고리가 달린 밧줄을 넉넉히 잡고 내가 갯바위로 먼저 뛰어내린다. 그 후 남편은 닻줄을 잡아당겨, 닻 자리와 선체와 계선 밧줄을 묶어놓을 지점이 일직선이 되게 팽팽하게 조정한 후 비로소 시동을 끄고 내린다. 그 후 내가 가지고 내린 밧줄을 적당하게 풀어 물이 들고 날 때 암벽에 배가 닿지 않도록 조정해서 묶어놔야 정박이 끝난다.

이런 일련의 과정을, 배를 운전하면서 남편 혼자 하기는 힘들다. 남편과 달리 몸치에 가까운 나는 조수 노릇이 영 익숙해지지 않아 배를 탈 때마다 남편에게 야단을 맞고 입이 나온다.

우리는 약 10년 전, 지금 우리가 살고 있는 동리 폐교와 함께

이 섬 정상에 있는 죽도의 폐교도 함께 매입했다. 그리고 두어 달에 한 번씩 폐교와 함께 무인도가 된 죽도를 한 번씩 둘러봤다. 그 사이 낚시하러 왔던 사람들이 교실에서 자고 간 흔적이 보였다. 그래서 우리는 무인도를 방문하는 누구라도 이 교실을 유용하게 사용한 후, 깨끗하게 정리해 달라는 글을 교실 문에 붙여 놓았다.

남편은 수년 전에 넣어준 꽃사슴 가족의 발자국을 따라 숲으로 들어가고, 만희 씨는 옛날 살던 집에 두고 온 시루를 찾아가겠다고 가버렸다.

인적 없는 섬의 햇빛은 더 밝고 공기는 부드럽고 따뜻했다. 정적을 깨뜨리는 영롱한 새 소리와, 간헐적으로 들리는 장끼의 울음소리, 그리고 나뭇잎 스치는 소리 외에는 적막하기 그지없는 그야말로 무인도다. 시간은 정지되고, 나는 자연과 하나 된 느낌이었다.

요즘은 구경하기 힘든 헌 양은 시루를 찾아들고 흡족한 얼굴로 만희 씨가 내려왔다. 남편은 숲 속으로 도망가는 사슴을 보았다고 흥분했다. 사슴이 얼마만 하더냐고 내가 물었다.

" 달아나는 궁둥이가 맷방석만 했지라. "

무인도의 옛우물

　　　　　　　이제는 무인도가 되어 버린 죽도의 학교 앞 우물. 여기서는 이 우물
이 생명의 젖줄이다. 지금도 이 섬을 드나드는 어부들의 목을 축여 준다.

윤 할머니의 소원

윤 팔월례 할머니,'팔월에 태어난 예쁜이'라는 뜻의 이름이다. 우리 섬에서 윤 할머니는 젊은 편이다. 우이도 본도의 작은 마을 대초리에서 배로 10분 거리의 우리 섬, 동소우이도로 19세 때 시집와서 62년째 이 섬에 살고 있다.

4남 3녀를 키우다가 뱃일하는 남편을 바다에서 잃고 혼자 되셨다. 지금은 자식들을 뭍으로 다 출가시키고 퇴락한 집과 남편의 무덤을 지키며 사신다.

동리 앞바다가 한 눈에 내려다보이는 언덕 위의 집과, 그 아래로 5백 평 가까이 되는 경사진 밭이 그 분의 전 재산이다. 철 따라 심는 마늘, 콩, 보리와 고추 농사, 그리고 가을에 수확하는 배추 무는 김장을 담가서 전국 각지에 있는 자식들에게 매년 빠짐 없이 보낸다.

혼자 몸으로 7남매를 키우느라 고생을 많이 했을 할머니에게 섬에 있는 모든 것이 돈으로 환산되는 것은 너무도 당연한 일인지 모른다. 봄에 지천으로 올라오는 달래와 쑥은 제일 먼저 할머니 손을 통해 매일 몇 차대기씩 목포로 나간다. 처음에는 1킬로그램에 2천 5백원 하던 게 천원까지 내려가면 출하를 그만 둔다.

쑥과 달래 그리고 머위와 취나물 가격이 비슷하고, 이제 곧 올라올 고사리는 가격이 높은 편이다. 4월이 되면 섬 전체를 뒤져서 두릅을 꺾는데, 이 건 값이 제법 나간다. 부지런한 윤 할머니의 이런 돈벌이가 다른 분들 눈에는 부럽기만 하다. 그래서 돈 독이 올랐다고 시샘을 받기도 한다.

할머니는 이런 저런 수입으로 일 년에 2백 만원만 있으면 헌금도 자유롭게 하고 부족함이 없겠다고 하소연을 한다. 이 외에도, 키우는 염소를 잡아 뭍에다 팔기도 하고, 섬 곳곳에 할머니만 아는 숨겨놓은(?) 약초를 캐서 한약방에 보내기도 한다.

우리가 오기 전까지 간에 좋다는, 학명이 느릅나무인 찔구나무 껍질을 벗겨서 파는 바람에 섬에 있는 큰 나무들을 많이 고사시킨 장본인이다. 요즘은 나무를 열심히 심고 있는 우리를 생각해서인지 나무껍질 벗기는 일은 그만 두셨다.

이렇게 몸으로 하는 일에는 그 누구에도 지지 않는 할머니에게 말 못 할 고민이 있다. 365일 중, 하루 정도나 새벽 기도에 빠지는 할머니가 성경을 읽을 수 있다면 얼마나 좋을까! 또 수시로 보내는 소포 박스에 자식들의 주소만이라도 손수 쓰실 수 있다면 얼마나 좋겠는가? 이게 할머니의 가장 절실한 소원이다.

그 원을 풀어드리려고 남편과 나는 몇 년 동안 나름대로 애를 썼다. 그러나 우리의 열성 부족인지, 나이 많은 윤 할머니의 역부족인지 실패하고 말았다. 이제는 서로 간에 한글 공부하자는 얘기는 쏙 들어간 지 오래 되었다. 윤 할머니가 돌아가시면 이 일이 제일 마음에 걸릴 것이다.

오늘 아침, 어제 종일 섬을 돌아다니며 딴 머윗잎이 담긴 차대기를 뱃머리에 쌓아 놓고, 윤 할머니가 우리 집 쪽을 쳐다보며 안절부절 못 하고 계신 모습이 보인다. 어서 나가 주소를 써 드려야겠다.

윤 할머니와 아들

        자식들을 키워 뭍으로 다 내보내고 홀로 사는 윤 할머니. 7남매 중
둘째 아들이 3년 전 섬에 들어와 모친을 모시고 산다. 다 큰 아들과 아옹다옹하며 사느
라 이제 외롭지 않다.

홀로 세운 나무

어느 해 가을, 정기 구독하는 월간지 《산림》에서 국토조림사업의
일환으로 일손이 떠나버린 유휴지(경작하지 않는 밭)에 산림청에
서 무상으로 묘목을 공급해 준다는 반가운 기사를 접했다. 섬에
있는 유휴지를 매입해 식목에 주력하고 있는 우리로서는 기쁜 소
식이 아닐 수 없었다.

우리는 신청서를 작성해 면사무소를 거쳐 산림청에 보냈다. 며
칠 후, 우리 섬의 관할지인 신안군 도초도 면사무소의 직원으로
부터 전화를 받았다. 신속한 응답이었다. 식목 예정지의 농지대
장과 사진을 팩스로 보내달라는 내용이었다. 그해 9월의 일이
다.

겨우내, 어떤 나무를 받게 될까, 또 얼마나 받게 될까를 궁리하며 기대감에 차 있었다. 그리고 이듬해 3월 중순, 면사무소에서 다음 날 섬으로 나무를 보내겠다는 연락을 해왔다. 요청한 수종 가운데 매화나무 한 종류만 210주를 보내준단다. 그런데 마침 남편의 건강검진 때문에 함께 상경해 있던 중이어서 다음날 나 혼자 섬으로 들어가기로 했다.

혼자 나무 심으러 섬으로 내려가는 기분은 두렵기도 했지만, 한편 으쓱하며 설레는 마음도 있었다. 전 같으면 어림도 없을 일이었기 때문이다. 그동안 남편과 나무 심는 작업을 많이 해 왔지만 내가 한 일이란 이런 일들이었다.

남편이 옮겨 심으려고 파낸 묘목을 흙과 함께 비닐봉지에 정성껏 담는 일, 지게에 나무를 지고 가는 남편의 뒤를 삽을 들고 따라가는 일, 나무 심을 때 봉지에서 하나씩 꺼내 구덩이 파는 남편 곁에 나무를 그늘지게 들고 서 있다가 넘겨주는 일이다. 나무 심는 중요한 과정 하나하나와 나중에 흙을 수북하게 덮어주고, 80 키로그램이 넘는 체중을 실어 정성껏 밟아주는 일까지 남편이 마쳤었다.

드디어 뱃일을 하다가 지금은 쉬고 있는, 허 할머니의 남편 신 선장이 아침 배로 도착한 매화나무 210주를 받아 놓았다. 다음 날 일찍 나는 신 선장의 도움을 받아 나무를 심기 시작했다. 나보다 더 아마추어인 신 선장에게 맡길 수만은 없었다. 이제는 내가 남편이 하던 일을 해야 한다는 결의가 생겼다.

남편이 나무 심을 장소로 일일이 그려준 도면을 머릿속에 대강 집어넣었다. 그리고 나서 눈으로 구획을 긋고 심을 자리를 정해 미리 삽으로 파 놓고 하나씩 정성들여 심기 시작했다. 감자와 토란을 심느라 파 놓은 밭고랑 열여섯 개에 각 3,4주씩 심어 50주를 오전 중에 심었다.

오후에는 3년 전에 사다 심은 매화나무가 잘 자라고 있는 밭 한쪽에 50주를 심었다. 이튿날에는 비파나무와 후박이 자라고 있는 밭, 사이 사이에 100주를 심고, 나머지 10주는 신 선장께 주었다. 그 날 밤에는 고맙게도 봄비가 보슬보슬 내렸다. 남편이 함께 했다면 나는 결코 혼자 나무 심는 기회를 가질 수 없었을 것이다. 처음으로 홀로서기를 한 내가 스스로도 대견했다.

고고하게 서 있는 저 나무들처럼 나도 조금 의젓해진 느낌이었다. 게다가 3년 쯤 후에는 열매를 따서 내 몫으로 선물도 하고 처분도 할 생각을 하니 신바람까지 났다.

나 혼자 심은 매실나무들

매실나무가 어떻게 생겼는지도 모르던 내가 남편이 입원
해 있는 바람에 혼자 땅을 파고 심었다. 꽃이나 잘 필지 궁금하다.

통발

섬에 사는 재미를 더 해 주는 것 중 하나가 갯가 바다에 통발 놓기다.

겨울로 접어들면서부터 이듬 해 봄, 날이 풀릴 때까지 섬에서도 생선 구경하기가 쉽지 않다. 낚시 철이 아니기 때문이다. 이런 때 뭍에서 귀한 손님이라도 오면, 명색이 바닷가인데 어떻게 해서라도 살아있는 생선 맛은 보여드려야 한다.

뭍에 나갔다가 들어올 때, 목포 시장에서 생고등어 한두 마리를 사다 얼려 놓는다. 손님이 올 때를 맞춰 고등어 대가리나 꼬리를 토막 내서 통발 입구에 달아놓고, 선착장 옆 갯바위에서 바다에 던져 놓는다. 미끼를 입질하려고 고기가 한 번 들어갔다 하면 다시는 나올 수 없는 구조의 통발은 물고기들에게는 참 고약하고 잔인한 곳이다. 입구만 있고 출구가 없기 때문이다.

이튿날 새벽기도 다녀오다 갯가에 내려가 통발을 꺼내 보면 뻘게가 몇 마리 들어있다. 큰 게는 꺼내 냉동실에 넣어 두고, 작은 게 몇 개는 그대로 넣어 다시 바다에 던져 놓는다.

오후에 마세 밭에 갔다 오는 길에 내려가 통발을 꺼내 보면 묵직할 때가 있다. 어린애 머리통 만한 문어가 들어있다.

게를 좋아하는 문어는 통발 속에서 이미 죽은 목숨인데도 아는지 모르는지 게를 다 먹고 껍질만 남겨 놓는다. 나는 이렇게 두어 번 문어를 잡았다. 동네 사람들은 끓는 물에 살짝 데쳐 초고추장에 찍어 먹으라고 했지만, 건어물을 좋아하는 남편은 자기 취향대로 요리(?)를 한다.

문어를 통째 높은 장대에 꿰 매달아, 바람이 잘 통하는 선착장 가로등 옆에 달아 놓는 것이다. 그렇게 며칠 간 해풍에 꾸덕꾸덕 마른 문어는 잘게 가위질 해 간식으로 남편 혼자 야금야금 먹는다.

한 번은 서울에서 친지 가족이 섬에 들어왔다. 그 집의 사위가 생선회를 뜨는데 일가견이 있다고, 바닷가에 왔으니 으레 생선 맛을 볼 줄 알고 손수 회를 뜰 회칼도 가지고 왔다. 본인이 아끼는 일본산 주머니용 회칼이었다.

오후에 남편은 얼른 통발을 놓았다. 우럭이나 장어 등, 생선이 몇 마리 들어가야 한 가족이 회로 먹고, 매운탕도 끓일 수 있을 텐데 하는 마음에 은근히 조바심이 났다. 저녁 먹을 시간에 맞춰 올린 통발에는 어른 손바닥 길이의 놀래미 한 마리가 들어 있었다.

가지고 온 회칼로 정성껏 회를 뜨는 사위의 주변에 식구들이 입맛을 다시며 구경했다. 회 뜨는 기술이 완전 예술이라고 모두 입을 모았다. 한 접시도 안 되는 놀래미를 한 입씩 들며, 회는 역시 놀래미가 최고라고 또 입을 모았다.

그리고 바닷가에 와서 이렇게 희귀한(?) 회를 먹기는 전무후무한 일일 거라며, 모두들 박장대소했다.

그 사위가 기념으로 섬에 두고 간 회칼을 볼 때 마다, 그때의 웃음소리가 들린다.

갯가 바다에 던져 놓았던 통발

          겨울로 접어들면서부터 이듬 해 봄, 날이 풀릴 때
까지 섬에서도 구경하기가 쉽지 않다. 이런 때 뭍에서 귀한 손님이라도 오면, 명색이
바닷가인데 어떻게 해서라도 살아있는 생선 맛은 보여드려야 한다.
뭍에 나갔다가 들어올 때, 목포 시장에서 생고등어 한두 마리를 사다 얼려 놓고, 손님
이 올 때를 맞춰 고등어 대가리나 꼬리를 토막 내서 통발 입구에 달아 선착장 옆 갯바
위에서 바다에 던져 놓는다.

"추근추근 오씨오"

우리가 사는 섬 우이도의 면사무소가 있는 신안군 도초도는 제법 큰 섬이다. 도초도까지는 목포에서 객선으로 두 시간 걸린다.(목포에서 우이도까지는 세 시간 걸린다.) 불과 몇십 년 전까지만 해도 인구가 1만8천 명이 넘었고, 면에서 제일 큰 서 초등학교의 학생 수는 1천4백 명이나 되었다.

지금은 인구가 3천5백 명 정도로 급격히 줄고, 서 초등학교는 10년 전 폐교 되었다. 도초도는 날씨가 온화해서 논에는 쌀과 보리, 이모작이 가능하다. 밭과 논에 재배하는 섬초라 불리는 시금치는 겨울을 지내고 구정 명절 즈음에 최고의 가격으로 팔려 금초라고도 한다. 벌판처럼 펼쳐진 염전에서 나오는 천일염 역시 섬초와 함께 전국 최고의 질을 자랑한다.

우리가 주일에 예배 드리러 한 번씩 나오는 이곳은 우리 섬에 비하면 대도시인 셈이다. 농협이 있어 언제든 현금을 찾을 수 있고, 초고속 인터넷이 가능하다. 우체국 약국 병원 등, 풍경이 시골스러울 뿐, 도시와 다를 바 없다. 슈퍼마켓에는 생필품이 쌓여 있어 오지 섬에서 살다 나온 우리의 눈에는 신기루를 보는 것 같은 생각이 들 정도다.

이 곳에 내가 단골로 삼은 미장원이 있다. 미장원의 규모와 시설은 정말 보잘 것 없다. 서너 평 되는 방안의 입구 쪽에 벽 거울과 미용 의자가 자리하고, 안쪽에는 싱크대가 놓여 있어 살림도 한다. 이 좁은 곳이 언제나 머리하러 오는 사람들로 붐빈다.

미장원 주인은 신앙이 특심한, 최근 권사 직분을 받은 박 아주머니다. 서울에서 오랫동안 미용실을 하다가 우여곡절 끝에 고향인 도초로 내려와 개업했다. 그분의 믿음이 신실하다는 것을 제외하고 나는 그의 과거사에 대해 잘 모른다. 박 권사의 남편은 섬에 내려와 살면서 몇 년 전, 목포와 우이도를 왕래하는 유일한 객선 '섬 사랑 6호' 선장이다.

나는 박 권사에게 처음 머리를 자르면서 깜짝 놀랐다. 손놀림이 예사 솜씨가 아니었기 때문이다. 가위를 든 그녀의 손은 나비가 나르듯 경쾌하기 그지없었다. 파마를 해 보았다. 시골, 그것도 섬 미장원의 솜씨가 별 것이랴 하는 마음과 섬에 살면서 촌스러운 것을 당연하게 받아들이자는 어쭙잖은 마음에서였다.

그런데 아니었다. 무슨 보물을 발견한 기분이었다. 그 후로는 서울에 갈 일이 있어도, 또 먼 데 여행할 일이 있어도 일부러 여기서 머리를 한다.

얼마 전 파마하러 도초에 나갔다. 여기 저기 일을 보고 오후에야 미장원에 들렀다. 그날따라 파마머리가 빨리 나오지 않았다. 오후 2시 10분, 목포에서 오는 객선 섬 사랑 6호를 타고 집으로 들어가야 하는데 마음이 초조해지기 시작했다. 이러다 오늘 못 들어가는 것 아닐까, 생각하는데 박 권사가 전화기를 집어 든다.

" 선장님, 여기 우이도 권사님 파마하고 있어라. 배 좀 추근추근 몰고
  오씨오. "

'추근추근'은 섬에서 쓰는 '천천히'란 뜻의 사투리다.

그 날, 나는 문제없이 예쁜 머리를 하고 우리 섬 동리로 들어갔다.

나그네 미용실

　　　　　남편이 '섬사랑 6호'의 선장인 박 권사. 그녀의 '나그네 미용실'에는
항시 빠글빠글 파마머리를 하려는 섬 할머니들로 발 디딜 틈이 없다.

백호

백호는 우리 집 강아지 이름이다. 지난 2월 말부터 우리 집 식구가 되었다. 고향에 사는 남편의 사촌 형이 섬에서 외롭지 않게 키우라며 보내준 것이다. 진돗개의 피가 섞였다는 엄마가 낳은 새끼 형제 두 마리 중 하나다. 청용과 백호로 사촌형이 이름을 지어 났다. 우리가 백호를 데려온 후 형인 청용은 장염으로 죽었다고 한다.

 이름처럼 용감하게 보이지는 않지만, 우리가 키워 본 다른 종자와는 달랐다. 진돗개는 아주 어려서부터 키우지 않으면, 중간에 바뀐 주인을 좀처럼 따르지 않는다고 한다. 아닌 게 아니라 섬에 데리고 와 한 달 넘게 정성을 쏟았지만, 밥 줄 때 외에는 우리에게 눈길도 주지 않고, 종일 자리에서 꼼짝 안 하는 것으로 자존심을 지키며 반항했다.

이렇게 강아지를 매 놓고 기르게 된 우리도 마음이 불편했다. 섬 지형에 익숙해지면 풀어 놓고 우리와 함께 산과 바다를 마음껏 돌아다니게 하고 싶었다.

때가 되었다 싶어 엊그제 마세 밭에 가면서 데리고 갔다. 백호는 도살장에 가는 소처럼 질질 끌려 억지로 따라왔다. 그러더니 산에서 내려오는 길에 무등골 신 선장이 키우는 개 여러 마리가 짖으며 달려들자, 백호는 이름값도 못 하고 꼬리를 꽁무니에 넣고 산으로 달아났다.

배가 고프면 집을 찾아 내려오려니 했던 백호는 이튿날 아침이 되어도 오지 않는다. 아침을 먹고 일찌감치 내가 찾으러 나섰다. 어제 백호가 올라간 산등성이의 어두운 대밭 속을 들여다보며 이름을 불러도 아무 기척이 없었다. 백호가 어디선가 목줄에 걸려 죽을지도 모르겠다는 불길한 생각이 들었다.

오후가 되자 이번에는 남편이 나섰다. 한 시간이 못 되어 백호를 안고 왔다. 남편과 백호, 둘 다 땀으로 범벅이 되어 있었다. 하루 넘게 굶은 백호에게 밥을 주며, 죽었다 살아온 자식처럼 남편은 백호를 쓰다듬고 어루만졌다. 큰 소리로 이름을 부르며 산을 뒤지는 남편에게 백호는 대 밭 깊숙한 속에서 '크르릉' 소리를 내는 것으로 자신을 드러냈다고 한다.

나도 오전에 똑같은 길을 가며 대나무 숲을 들여다 봤는데, 나는 왜 백호를 못 봤나? 그리고 백호는 왜 대답을 안 했나? 나는 애정 없이 건성으로 불렀다.

그런데 남편은 또 무슨 이유에선지 무척 흥분해 있었다. 백호를 찾으러 돌아다니다, 겨울잠에서 깨어나 무덤가에 똬리를 틀고 있는 구렁이를 만났던 것이다. 천연기념물로 멸종위기에 처해 있는 구렁이였다.

섬 구렁이는 이제 법으로 보호를 받게 되어 있으나, 이 곳 할머니들 눈에 띄면 그날로 끝이다. 남편은 손을 입에 대 '쉿' 소리를 내며, 카메라에 담아 온 구렁이를 무슨 보물 사진처럼 보여줬다. 몸통 두께가 40미리미터, 길이 1.5미터는 족히 되는 갈색 구렁이였다.

내가 백호를 찾지 못 한 덕분에 남편이 나섰다가 백호도 찾고 구렁이까지 만나게 되었다고 나는 남편에게 생색을 냈다.

백호

　섬은 강아지들의 천국이다. 고향에서 얻어 왔던 '백호'는 갯가 바위를 누비며 자유
를 만끽했다.

세상에서 가장 깨끗한 쓰레기

마세 장불(또는 장굴, 섬에서 쓰는 모래사장이란 말이다.)은 우리 섬에서 풍광이 가장 수려한 해변이다. 길이 250미터의 해변에 물이 빠지면 폭 200미터 넓이의 모래사장이 나타난다. 처음 이 섬을 방문했을 때 남편이 나를 이곳으로 데리고 왔었다.

어디 아름답지 않은 해변이 있겠는가? 태고부터 계속되는 철석거리는 파도소리와 바람소리, 새소리와 눈부신 모래사장 그리고 우리 두 사람이 있었다. 나는 완전한 고요를 경험했다. 그 순간이 섬으로의 이주를 결심하게 된 시점이었다. 그리고 스스로에게 말했다. '나 여기서 살 거야' 하고.

우리가 사는 이 땅은 각종 문명의 쓰레기로 몸살을 앓고 있다.

좀 이른 시간에 거리에 나가면 도로변은 수거를 기다리는 쓰레기로 넘친다. 식당에서 나온 음식물 찌꺼기가 대형 비닐봉지에 담겨 악취를 풍긴다. 가로수 밑에 내다 버린 생활 쓰레기의 대부분은 쉬 썩지 않는 문명의 부산물들이다.

아름답고 깨끗해야만 하는 외딴섬의 바닷가도 예외는 아니다. 조개껍질과 밀려온 해초들, 그리고 쌀가루처럼 고운 모래사장만 펼쳐져 있으면 얼마나 좋겠는가마는, 바닷가 역시 파도에 밀려온 쓰레기로 몸살을 앓기는 마찬가지다. 쓰레기의 내용의 다양함과 그 부피도 상상을 초월한다.

배에서 쓰다 버린 비닐 통, 플라스틱과 스티로폼으로 만든 각종 부이(buoy, 조업하는 배가 바다에 표를 해 놓기 위해 띄우는 물에 뜨는 구조물), 나일론 재질의 로프(rope)와 각종 그물들도 만만치 않다. 셀 수 없을 만큼 많은 페트병들이 어선과 상선에서 버려지고 중국대륙에서 흘러온다. 태풍이 지나간 후에는 원목선에서 떨어진 통나무들이 해변을 덮친 적도 있다.

다행한 것은 모든 쓰레기들이 바닷물에 소독이 되고 뜨거운 태양 볕에 바싹 말라서 도시 쓰레기처럼 냄새를 풍기거나 불결하지 않다는 것이다. 눈에 거슬리지만 않는다면 참아줄 만한 쓰레기들이다. 태풍이 오면 그때서야 쓰레기들은 모래 속 깊이 매장된다.

우리가 사는 동네에서는 쓰레기가 생길 일이 별로 없다. 음식물

찌꺼기는 밭으로 돌아간다. 먹어서 없어지는 것들 외에 섬에는 좀처럼 새 것을 살 일이 없다. 살림은 다 망가질 때까지, 옷은 해어질 때까지 입는다. 나는 옷을 오래 입으면 닳아진다는 당연한 사실을 이곳에서 처음 경험했다. 여럿 가지고 바꿔 입는 것도 재미지만, 한 가지 옷을 계속 입어 해어지게 만드는 것도 색다른 즐거움이며 성취(?)다.

해변에 쌓인 쓰레기들을 나는, '세상에서 가장 깨끗한 쓰레기'라고 부른다. 남편은 밀려 온 굵고 튼튼한 통나무와 밧줄을 열심히 주워 이용한다. 깨끗한 병이나 플라스틱 그릇은 내 몫으로 줍는다.

예쁜 병 속에 '누군가가 뭍에서 보낸 편지'라도 들어있지 않을까 기대하면서….

마세해변

　　　　12년 전 남편이 이 마세해변에 나를 데리고 왔다. 그날 내 생애 처음으로 완벽한 고요를 경험했다. 그 때 속으로 '아! 나 여기서 살아야겠네' 하고 결심했고, 이듬해 이 해변은 내 '소유'가 되었다.

그 해 봄에 있었던 일

그해 봄은 유난히, 우리가 사는 섬에 여러 가지 변화가 있었다. 최고 연장자이신 91세 박 할머니(19세에 시집와서 만 72년을 이 섬에 사셨다)가 쓰러져 뭍으로 나가 요양병원에 입원해 있는 사이, 느닷없이 67세의 목사님 사모님이 혼자 있던 방에서 뇌출혈로 쓰러진 후 일어나지 못하고 말았다.

그리고 며칠 후 박 할머니가 하늘나라로 가셨다. 걸음이 불편해 새벽기도 참석과 선착장을 하루에 두 차례씩 왕래하는 것이 유일한 낙이었던 77세의 최 할머니가 자식들에게 나가 입원했고, 88세의 김 할아버지도 얼굴에 난 시커먼 점을 수술하러 할머니와 함께 나갔다. 피부암이라는 얘기도 들려왔다.

주민 열다섯 명 중 두 분이 돌아가시고, 두 분이 병원에 가셨고 할머니까지 남편 간병하러 나가서 나머지 열 명이 섬을 지켰다. 사모님의 49제를 자녀들과 함께 보낸다고 목사님이 나가신 날, 윤 할머니가 새벽교회 차임 벨을 울렸는데 시계를 보니 세 시 삼십 분이었다. 한 시간을 착각한 것이다.

남편 오 장로가 목사님 대신 새벽기도를 인도하면서 그 간의 회포를 풀어 놓았다. 박 할머니가 하늘나라 가신 것은 순서에도 맞고 복된 죽음이라 할 수 있지만, 갑작스러운 사모님의 죽음과 본인의 수술(남편은 그해 3월, 간 종양 절제 수술을 받았다)은 순서와 이치에도 맞지 않는 것 같아 고뇌했다는 얘기였다.

그해 봄, 섬에서 일어난 일련의 사건을 통해 사람이 올 때는 순서가 있지만, 갈 때는 순서가 없다는 것, 그래서 하나님께서 주신 삶을, 길이가 아닌 질(質)로서의 삶으로 더 잘 살아야겠다는 본인의 간증이었다. 할머니들은 연신 '그라지라, 그라지라' 하면서 고개를 주억거렸다.

그러나 한평생 산전수전 다 겪으며 살아온 할머니들에게 주위 사람들의 죽음은 하루만 지나면 옛날 얘기가 된다. 목사님 사모님의 시신을 도초 섬에서 트럭에 싣고, 배로 목포로 나가, 서울에서 자식들이 타고 내려온 앰뷸런스에 싣고 떠날 때까지 우리들은 차 뒤를 따라가며 눈물을 흘렸다.

그러나 한 시간 뒤, 다시 배를 타고 섬으로 들어올 때는 사 가지고 온 간식을 나눠 먹으면서 할머니들은 아무렇지도 않게 웃으며 얘기하고 있었다. 그 후, 박 할머니의 죽음은 잠깐 지나치는 얘깃거리에 불과했다.

할머니들은 돌아가시거나 출타하신 분들의 몫까지 고사리를 꺾어 챙기느라고 얼마나 분주했는지 모른다. 전년도보다 훨씬 무거운 고사리 부대를 등에 지고서도 흐뭇한 표정이었다.

이대로 가면 20년쯤 후엔 이 섬의 고사리가 모두 우리 부부 것이 되지 않을까 하는 음흉한 생각을 해보지만, 하나님의 뜻을 누가 알겠는가?

동리 할머니들

　　　섬에서 태어나 평생을 이곳에서 살아온 할머니들. 학교를 다니지 못했지만, 바다와 갯가 생물과 나무와 약초에 대해 그 누구보다도 박식한 할머니들, 얼굴에 그들만의 여유가 넘친다.

사위질빵

본격적인 농사철이 시작되었다. 시골 생활의 기본은 논이든 밭
이든 풀을 매주는 것이다. 김매는 것을 섬에서는 '지심맨다'고 한
다. 4월 들어서면서 산으로, 갯가로 다니는 섬 할머니들의 얼굴
빛이 나날이 검어지고 있다.

주일에 한 번씩 보는 도초도 지남교회의 논밭 일을 하는 교인들
의 얼굴빛도 한 주가 다르게 검어지는 게 눈에 보일 정도이다. 한
여름이 되면 너나 할 것 없이 얼굴이 새까맣게 된다. 흉이랄 것도
없다. 그들과 함께 있으면 나처럼 하얀 얼굴이 오히려 부끄럽다.

얼마 전까지만 해도 연녹색으로 낮게 깔렸던 산 오솔길 주위의
풀들이 하루가 다르게 무성해져 간다. 솜털이 가시지 않은 어린

아이의 볼처럼 빛깔 고운 매실이 영글어가고 있는 우리 매화 밭 역시 마찬가지다.

벌써 무릎 높이까지 자란 5월 쑥과 뿌리에 하얀 진주알을 달고 있는 달래, 땅바닥에 부채같이 넓게 퍼지며 세를 과시하는 하얀 별꽃과 냉이, 그 옆에 자주색 꽃을 피우는 광대나물도 만만치 않다.

왕성하게 키를 키우고 있는 머위와, 땅속에서 뾰족하게 새 순을 올리고 있는 대나무까지 모두가 밭에서 함께 자란다. 군데군데 넓게 자리를 잡고 큰 무더기로 올라오는 갈대도 빠질 수 없다. 잡초 중 제일 악성(?)은 뿌리가 깊고 줄기가 질겨 곡괭이질을 해서 뽑아내야 하는 사위질빵이란 놈이다. 이 풀을 퇴치하느라 남편이 몇 년간 애를 먹었다. 사위질빵이 된 풀 이름이 재미있다.

시골에서 짐을 나를 때 쓰는 지게는 그 무게를 어깨에 걸치는 멜빵이 튼튼해야 된다. 시골 며느리의 눈에는 시어머니가 일을 시키면서, 아들인 자기 남편과 딸의 남편인 사위를 차별하는 것만 같아 보인다.

아들에게는 무거운 짐을 지게하고, 사위에게는 가벼운 짐만 지게 한다. 그래서 사위가 메는 지게의 멜빵을 이 풀의 줄기로 해도 괜찮을 것 같다며 비아냥한 것이 사위질빵 이름의 유래가 되다.

섬에 들어와 처음으로 시골 생활을 시작하면서 제일 부러운 것이 낫을 익숙하게 쓰는 일이었다. 힘 안 들이고 한 손으로 쓱쓱 풀을 베는 섬 할머니들의 낫 놀림이 신기하기 짝이 없었다. 가끔 우리 집에 방문 온 손님 중, 낫을 들고 시키지도 않는 풀을 베는 사람이 있다. 틀림없이 어려서 시골에서 자란 사람이다.

나도 이제 제법 낫 놀림이 익숙해 졌다. 비록 한 손으로는 못 하지만, 풀이 무성한 걸 보면 얼른 낫 생각이 날 정도다.

오늘 아침에도, 남편이 숫돌에 갈아 준 낫을 들고 마세 밭에 '지심 매러' 가면서 제법 시골 사람 티를 내 본다.

사위질빵 꽃

　　　　　나무를 칭칭 감고 올라가는 억세고 질긴 잡초 사위질빵. 꽃만큼은 황홀
하도록 예쁘다. 사위를 아끼는 장모의 마음은 딸을 향한 지극한 사랑 아니고 무엇이
랴.

큰손자 인욱이

우리 부부가 섬에 들어온 지 올 해로 만 10년째 되었다. 이제야 섬 생활이 제법 체화 되어 익숙해졌다. 날마다의 생활뿐 아니라 계절 따라 해야 할 일들이 머릿속에 정연하게 들어온다. 순차적으로 그 일들을 하다보면 어느 새 1년이 흘러 가 버린다. 그리고 무엇보다 손주들이 훌쩍 자란 것을 보면서 시간이 많이 흘렀음을 실감한다. 처음 섬에 들어올 때는 손주 하나였다. 그러던 것이 몇 년 사이 셋이 되었다.

세 손자 중 큰손자 인욱이 얘기다. 인욱(寅煜)이란 이름은 한자로는 신새벽 어둠을 밝힌다는 뜻이지만, 죽음을 보지 않고 하늘에 오른 아담의 7대손 에녹(Enoch)에서 빌려왔다.

그 손자 인욱이 올 가을이면 만 열한 살이 된다. 5년 전, 공부하는 아버지를 따라 온 가족이 미국에 갔다가 4년만인 작년 7월 귀국했다. 그동안 손주들과 관계가 소원해질까 염려한 할아버지는 4년 간 격년으로 두 번은 할아버지 할머니가 미국을 방문하고, 또 두 번은 아이들을 한국으로 오게 해 여름방학 두 번을 섬에서 보내도록 했다. 덕분에 아이들은 4년 동안 떨어져 있어도 할아버지와 섬을 늘 기억하며 그리워했다.

이제 대전에 정착한 큰아들 내외는 틈만 있으면 아이들을 섬으로 보낸다. 어려서 자연과 접하며 경험하는 것이 아이들 삶에 얼마나 소중한 자산이 되는 가를 알기 때문이다. 큰손자 인욱이는 어려서부터 할아버지를 좋아하고 따르는 할아버지의 왕 팬이다. 할아버지가 하는 것은 뭐든 그대로 따라 하려고 한다. 어려서는 커서 되고 싶은 게 '할아버지'라고 했을 정도다.

인욱이는 섬에 있는 강아지들과 뒤엉켜 노는 것을 제일 좋아한다. 뿐만 아니라 겨울 새벽, 이웃 집 윤 할머니네 컴컴한 우사(牛舍)에 혼자 들어가 소들에게 여물과 물 주는 것을 자기 일로 여긴다. 산밭의 닭장에 올라가 계란 찾아오는 일도 보물찾기 이상으로 즐거워한다. 날마다 산에 가자고 졸라서 할아버지는 좀 피곤한 날도 손자의 청을 들어준다.

손자는 섬에서 하는 모든 일을 좋아하고 즐긴다. 주낙질을 하는 윤 할머니의 아들을 졸졸 따라다니며 주낙질 매는 것을 가르쳐 달라고 하기도 한다. 섬에서 이루어지는 모든 일에 관심과 흥미를 보이는 인욱이의 꿈은 섬사람이 되어 나중에 섬에 사는 거다.

11년 전, 인욱이 서울의 어느 개인 병원에서 태어나자마자, 호흡곤란으로 인한 산소결핍으로 사경을 헤맨 일이 있었다. 태어나서 아홉 시간 만에야 대학 병원 신생아 병실로 옮겨 인큐베이터에 들어갔다. 그 후 40여 일을 인큐베이터에 있는 인욱이를 보며 피말리는 하루하루를 보냈다. 날마다 한 번 씩 신생아실 창문을 통해 들여다보는 게 전부였다. 얼마 후 의사는 아이가 뇌손상을 받았다며 앞으로 사지 마비가 될 가능성이 있다는 진단을 내렸다. 내 마음이 끝 간 데 없이 무너져 내리던 순간이었다. 퇴원 후 두 달도 못 된 신생아를 데리고 6개월 동안 일주일에 두 번씩 재활의학과에 가서 물리치료와 작업 치료를 받게 했다.

그 때 남편은 내심, 손자가 정상적으로 자라지 못 한다면, 섬에서 할머니 할아버지가 인디언교육 방식(자연생활 속에서 수행하는 1대1 교육방식)으로 키우리라 생각했다. 다행히 손자는 정신적 육체적으로 지극히 정상적으로 성장했다. 착하고 건강하다. 학교에서는 아니지만 주일학교에서는 모범생이다. 인욱이가 성장하는 모습을 보면서 우리 부부는 기도의 힘을 확인한다. 인욱이가 태어나던 무렵 기도해 주신 수많은 분들에게 감사드린다.

지난 5월, 어버이날에 큰아들 가족이 섬에 들어왔다. 어느 새 세 아이들이 씩씩하게 선착장에 뛰어 내려 마중 나와 있는 할머니 할아버지를 앞 다퉈 포옹한다. 인욱이는 유난히 할머니 할아버지를 오래 껴안는다. 뒤에서 큰 아들이 웃고 있다.

" 엄마, 여기 아들도 있어요. "

늘 하는 말이다. 그날부터 2박 3일, 아이들의 신나는 모험이 시작되었다.

할아버지와 손자

　　　　서로가 왕팬인 할아버지와 큰손자 인욱이, 할아버지는 사랑하는 손
자에게 해와 달별의 우주 만물의 이치를 자연 속에서 일러주고 싶어 한다.

배진용 장로님

우리 부부가 출석하고 있는 도초도의 지남 장로교회는 섬의 남동쪽 농촌 마을에 자리한 시골 교회다. 1930년에 세워진 80년이 넘는 긴 역사를 가졌다.

교인의 대다수가 6,70세를 넘나드는 나이 드신 분으로, 교인 수는 100여 명 남짓하다. 울타리도 대문도 없이 언제나 열려 있는 예배당 입구에 세워진 순교비가 교회를 지키고 있다. 6.25 때 피난을 가지 않고 교회를 지키며 순교한 최명길 목사님의 순교비다.

이 교회에는 세 분 장로님이 있다. 그 중 한 분이 63세 된 배진용 장로님이다. 이 분은 후천성 맹인이다. 우리가 처음 이 교회를 방문했을 때 어찌나 자연스럽게 눈을 맞추고 인사를 받던지 맹인인 사실을 전혀 눈치채지 못 했다. 주일이면 언제나 먼저 교회에 나와, 교회 주변을 아무렇지도 않게 걸어 다니며 교회 살림을 손끝으로 확인한다.

오전 예배 시작 전과, 점심 먹고 오후 예배 시작할 때까지 찬양을 인도하는 분이 배 장로님이다. 찬송가와 대부분의 복음성가 가사를 뚜르르 꿰고 있다. 찬송가 몇 장 부르자며 선창하면 교인들이 그제야 찬송가를 뒤적이며 따라할 정도다.

장로님 앞에서 인사하기 전, 나도 모르게 옷매무새를 가다듬고 마음가짐을 바로 하게 된다. 앞을 못 보는 분이니 가끔은 그냥 지나치고 싶은 마음이 들다가도, 이럴 때는 내가 나를 속이는 느낌을 받아 일부러 찾아가 인사를 하게 된다.

지남 교회가 올 해 초부터 신축을 하고 있다. 교인들이 바닷모래를 나르고, 벽돌을 찍어 지은 건물이 이제는 너무 낡아 수리할 수도 없는 지경에 이르렀기 때문이다. 그동안 교회 재정으로 보아 엄두를 내기 힘든 일이었으나, 교회를 사랑하는 나이 드신 분들 가운데 이런 감동이 생기면서 그 마음이 교인들에게 들불처럼 번지게 되었다.

농사를 지으며 사는 연로한 부부 혹은 혼자 된 분들이 시금치와 고추를 재배해 모은 피 같은 돈을 건축을 위해 힘에 넘치게 작정

했다. 담임 목사님은 철근과 시멘트 등 값나가는 자재를 값싸게
대 줄 사람을 위해 기도하기 시작했다.

이렇게 시작된 건축이 드디어 두 주 전에 지붕을 올리고 감사예
배를 드렸다. 전문 기술자를 제외하고는 교인들 모두 인부가 되
어 날마다 공짜 품을 팔고 있다. 믿지 않는 분들이 간식을 챙겨들
고 원근에서 날마다 찾아온다. 교회건축이 동네의 축제가 되어버
렸다.

지난 주 중, 우리 부부도 하루 몸으로 봉사하려고 배를 타고 나
갔다. 교회에 들어서니 뒷모습이 배 장로님 비슷한 분이 공사감
독(?)을 하고 있었다. 인부들이 쓰고 아무렇게나 놓아둔 공구나
남는 자재들을 한 곳에 모아놓고 있다. 발끝에 걸리는 못과 철물
들은 부대에 담는다. 자세히 보니 비슷한 분이 아니라 바로 배 장
로님이었다.

신축된 지남교회 앞에서 배 장로님

비록 시력은 잃었지만 영력은 그 누구보다도
강건하다. 지남교회의 보배고 기둥이다.

별이 내려와 꽃이 되었다

섬에 살면서 누리는 기쁨 중 하나는 자연에서 자라는 식물과 꽃을 직접 만날 수 있는 것이다. 도시에서 흔히 보는 화려한 꺾꽃이 꽃이나, 온실 화분에서 곱게 피어나는 꽃이 아닌, 땅에 뿌리박고 살면서 피우는 생생한 꽃을 제철에 만나는 기쁨이다.

봄이 무르익으면서 섬도 하루가 다르게 푸르름을 더하고 있다. 날마다 산을 돌아다니다 보면 철따라 새롭게 피어나는 꽃을 만난다. 식물에 대해 무지했던 나는 부끄럽게도 봄 산에 피는 꽃 이름 하나 변변히 아는 것이 없었다. 서울서 살던 집 마당에 피던 진달래, 개나리, 벚꽃, 라일락, 목련, 철쭉 정도가 내가 아는 봄꽃 이름이었다.

섬에서 살게 되었다고 갑자기 나무나 꽃에 대해 흥미가 생기는 것도 아니었다. 남편이 책을 보고 열심히 공부해서 가르쳐 주는 꽃과 나무 이름을 처음에 정성껏 마음에 담지 못 했다. 그래서 다음 번 이름을 물어보면 제대로 답할 수 없었다.

사람도 한동네 오래 살면 얼굴도 익히고 친해지듯 이렇게 봄 여름 가을, 산에 피는 꽃과 식물, 나무와 늘 얼굴을 대하면서 친해지지 않을 수 없었다는 게 솔직한 심정이다. 정이 드는 것이다.

그러다가 너무도 예쁜 꽃을 만나게 되었다. 마세 장불(해변)로 내려가는 좁은 산기슭 양지바른 풀숲에서였다. 새끼 손톱만한 크기의 꽃이었다. 진한 보라색깔의 다섯 개의 꽃잎에 하얀 줄이 유난하게 도드라졌다. 거기 하얀 별이 내려앉았다. 집에 오자마자 책을 찾아 보았다. 반디지치. 그 꽃의 이름이었다. 남편은 '하늘의 별이 꽃에게 시집왔다'고 했다.

봄 산에 피는 꽃 중 아름답지 않은 꽃이 어디 있으랴! 요즘 흔하게 피고 있는, 이름도 재미있는 큰개불알꽃, 보라색의 작은 꽃이 풀밭을 점점이 수놓고 있다. 어디서든 볼 수 있는 꽃이지만 흔하다고 아름답지 않은 건 아니다.

자연에는, 세상에서 흔히 얘기하는 희소가치가 통하지 않는다는 것도 알았다. 노란색의 산괴불주머니도 있다. 이름도 그렇지만 작고 앙증스러운 꽃 모양이 마치 어린아이들이 명절에 입는 한복 옆구리에 차는 주머니 같다.

그러나 마당 잔디 사이를 기어가며 흰색의 다섯 장으로 피는 '봄 맞이꽃'을 보면 '작은 것이 아름답다'는 말이 절로 떠오른다. 꽃의 크기는 눈곱만한데 보석이 따로 없다.

은산기미(둥글게 만을 이룬 해변을 '기미'라고 부른다.)는 우리 집에서 2킬로미터 쯤 떨어진 작은 해변이다. 풍광 좋은 그곳에 사람이 살던 집터와, 바람 없는 아늑한 밭이 있어 나무를 심고 정성으로 보살피고 있다. 고사리를 꺾으며 은산기미 해변으로 내려 가던 며칠 전 봄 날, 풀숲 여러 곳에서 작은 별 조각들이 빛나고 있었다. 반디지치 군락이었다. 얼마나 반갑고, 기쁘고 그리고 황 홀하던지!

하늘에서 내려와 꽃이 된 별 반디지치

　　　　　　　　　하늘에서 내려온 선녀처럼, 꽃 속으로 들
어와 별꽃이 되었다. 늦봄, 군락을 이루며 섬 곳곳에 피는 진한 보라색 꽃 반디지치는
눈에 넣어도 아프지 않을 만큼 예쁘다.

머위

우리 섬에서는 '머우' 또는 '멍에'라고도 부른다. 이른 봄에 잎보다 꽃대가 먼저 나와 누르스름한 색깔의 꽃이 피고, 그 후 땅바닥에서 올라오는 연두색의 연한 잎은 살짝 데쳐 초고추장에 찍어 먹는다. 줄기에 잎 한 장이 달려 있고 그 잎이 우산처럼 펴지면서 줄기는 어른 손가락 굵기로 자란다.

머위는 산 전체에 퍼져 자라는 취나 고사리와 달리 밭에서 자란다. 따로 재배하기도 하지만 보통은 한번 뿌리를 박은 묵은 밭에서 그냥 자란다. 고사리의 경우, 우리 밭에 나오는 고사리는 할머니들 누구라도 들어가 마음대로 꺾는다.

그러나 머위의 경우는 다르다. 함부로 자라는 것 같지만 밭에 임자가 있는 것처럼 머위도 다 임자가 있다. 머위가 자라는 남의 밭에 들어가는 일은 있을 수 없다. 나는 산 밑에 자라고 있는 머위도 각기 임자가 있다는 걸 최근에야 알았다.

옛날에는 이런 일이 종종 일어나 할머니들 사이에 시비가 생기는 일이 많았다. 이맘 때 새벽기도 시간에 목사님이 이런 일을 빗대어 남의 밭에 들어가는 일은 도적질이나 다름없다고 설교까지 하는 이유다.

머위 밭에서 낫으로 쓱쓱 비어온 50센티미터 가량 자란 머윗대를 잎을 뜯어내고 물에 삶아낸다. 삶아 낸 산더미 같은 머윗대를 할머니들 몇이 앉아 껍질을 벗긴다. 이 맘 때면 집집이 돌아가며 머위 껍질 벗기는 품앗이를 할 정도다. 요즘 할머니들의 엄지와 검지 손톱 밑이 새까만 것도 이 때문이다. 껍질을 제대로 벗기지 않고 삶으면 먹을 때 삼켜지지 않아 뱉어내야 한다.

섬에 들어온 이듬해, 옆 집 만희 씨가 삶은 머위를 된장에 무쳐 한 대접 가져 왔다. 나물을 좋아하는 나는 이 파르스름한 겨자 색깔의 머위를 한 번 먹어보고 완전히 마니아가 되었다. 머위는 쌉싸래하면서 달콤한 맛이 특징이다. 한약 냄새가 난다. 그래서 삶아낸 후에는 물에 잠시 담가 이 쓴 맛을 빼야 한다. 된장에 무쳐도 좋고 기름에 볶아도 맛있다. 사각사각, 아작아작 씹히는 맛이 일품이다.

말려서 갈무리해 놓으면 일 년 내 좋은 반찬이 된다. 삶아 뜨거울 때 껍질을 벗겨 내면서 가늘게 찢어서 볕에 말린다. 고사리처럼 실오라기 같이 볼품없어지면 잘 마른 것이다.

머위는 그야말로 섬유질 덩어리다. 일등 건강식품인 셈이다. 이렇게 훌륭한 반찬이 밭에 널려 있어 미식의 즐거움을 선사해 주는 걸 생각하면 하나님께 감사한 마음이 절로 넘친다. 지금 비파나무가 심겨진 우리 밭은 원래 머위 밭이었다. 지금도 밭 가장자리에는 머위가 자라고 있다. 자기 소유의 머위 밭이 없어 부대를 들고 산 여기저기를 기웃거리는 옆 집 만희 씨에게 우리 밭의 머위 좀 해 가라고 사정(?)했더니 입이 귀에 걸렸다. 덕분에 어제 저녁 삶은 머위 한 대접을 식탁에 올리니 그 맛이 기막히다.

야산에 나는 털머위꽃

        늦가을, 섬 곳곳을 환하게 비춰 주는 샛노란색의 털머위 꽃. 먹는 머위와는 다르다. 보는 이의 마음까지 환하고 밝게 한다. 빠진 이처럼 듬성듬성 한 꽃잎이 정답다.

수평선이 보이는 마당

언제부터인가 아파트가 우리나라의 보편적인 주거 형태로 자리하게 되면서 얼마나 넓은 평수의 아파트에 사는가가 주된 관심사가 되어 버렸다.

우리가 섬에서 거주하는 옛날 초등학교 분교 건물은 교실 하나에 관사 한 채가 달려 있다. 18평의 교실은 손님들 여러 명이 사용하는데 불편하지 않도록 개조했고, 우리 부부는 9평짜리 관사를 고쳐서 거주하고 있다.

어떤 이는 우리가 좁은 데서 산다고 할 지 모르지만 한 번도 그렇게 생각해 본 적이 없다. 관사 현관문을 열고 나오면 바다로 터져 있는 넓은 마당과 그 앞으로 늘 출렁대는 바다가 가슴과 눈길을 확 트이게 하기 때문이다.

가끔 우리가 사는 곳이 몇 평이나 되냐고 묻는 친구가 있다. 나는 마당 끝이 바다와 잇대어 있고, 바다는 수평선까지 펼쳐진다고 얘기해 줬다.

이 곳 섬에서 내가 누리는 유일한 사치가 있는데, 폐교 운동장이던 마당의 잔디 가꾸기이다. 5년 전 우리가 이곳으로 이주했을 때 '옛날 학교 마당이던 시절에는 잔디가 좋았다'는 마당에 잔디가 거의 남아있지 않았다. 서울서 마당의 잔디를 잘 가꾸었던 나는 여기서 근사한 잔디밭을 한 번 만들어 보리라 결심했다.

물론 쉽지 않았다. 오랫동안 돌보지 않았을 뿐 아니라, 우리가 들어오기 전, 오랫동안 마당에 건자재를 쌓아 놓는 바람에 군데군데 자갈 모래밭이 되어 있었다. 벗겨진 마당에는 잡초와 잔디의 비율이 7과 3이었다. 무지막지하게 자라는 섬 특유의 크고 강인한 잡초와의 싸움이었다.

얼마나 뿌리가 깊고 질기던지 남편이 곡괭이로 파내야 하는 잡풀이 태반이었다. 지난 몇 년 간, 틈만 나면 호미를 들고 마당에 엎드려 살았다. 이런 나를 보고 동네 할머니들은 당신들 눈에는 '그게 그건데' 도대체 뭘 뽑느냐고 했다. 옆 집 영감은 '풀이 자라면 낫으로 비면 되는디….' 하면서 한심하다는 듯 혀를 찼다.

지성이면 감천이라던가, 잔디와 잡풀의 비율이 7대 3쯤으로 역전되었고, 그동안 잘 자란 잔디에 온통 새까만 씨가 맺혔다. 이 씨가 익어서 떨어지면? 생각만 해도 미소가 그려진다.

섬 집 어디에도 마당에 잔디가 있는 집은 없다. 잡초가 자라는 걸 막기 위해 마당에 콘크리트를 한다. 어느 새 할머니들은 봄, 가을, 볕이 좋은 학교 마당에 퍼질러 앉아 쉬었다 가는 걸 좋아하게 되었다. 더욱이 우리 마당은 할머니들이 산으로, 갯가로 일하러 가는 통로다. 잔디밭은 많이 밟아줄수록 잡초가 자라지 못하니 일거양득이다.

요즘, 연초록 잔디밭에는 너무 예뻐서 도저히 뽑아낼 수 없는 작은 꽃들이 핀다. 별 모양의 하얀색 봄맞이꽃이 햇볕에 반짝이고, 보라색 병솔 꽃과 노란 괭이풀이 잔디밭 속에서 꽃수를 놓았다. 꽃향기를 맡다가 물비늘 반짝이는 바다를 바라보고 있노라면 꿈꾸듯 마음이 아득해진다.

수평선이 보이는 마당

우리가 사는 집 현관문을 열고 나오면 바로 바다로 터져 있
는 넓은 마당과 멀리 수평선이 코앞에 펼쳐진다. 섬에서 집이나 마당 평수가 크게 상관
없는 이유다.

산도 익어가는 계절

섬 생활에 적응하면서 철따라 치러야 하는 통과의례가 늘고 있다. 그 중 하나가 5월 하순의 '산도 따기'다.

산도를 처음 맛본 것은 대략 8년 전이다. 산길을 가다가 우연히 나무 가지에 다닥다닥 달린 머루와 흡사한 까만 열매를 만났고, 새콤달콤한 맛 역시 가을 철 머루를 생각나게 했다. 물론 섬에서 우리만 모르고 있었던 야생 과일(?)이었다.

산도라는 이름이 어디서 나왔는지 모르지만 산에서 나오는 포도의 준말로 해석하고 있다. 그렇다고 포도를 연상하면 한참 어긋난다. 우선 크기가 포도와 비교가 되지 않는다. 남편이 식물도 감을 샅샅이 찾아보았지만 책에는 나오지 않았다.

5월 중순부터 열매가 달리기 시작하는 산도나무에 처음에는 깨 알 같은 파란 열매가 포도 모양으로 달린다. 그러다 같은 송이에 서도 순차적으로 색이 변하면서 점점 까만색으로 익어 가기 시작 한다. 산도를 안 첫 해는 오며 가며 몇 개씩 따 먹는 것으로 그쳤 다. 며칠 후에 가보니 아쉽게도 농익어 다 떨어진 후였다.

산도의 새까만 열매에서 피 빛의 단물이 나온다. 포도보다 달 고, 산머루 같이 새콤하다. 다 익으면 크기가 검은 콩알만해진 다. 작년에는 며칠 수고해서 딴 산도를 설탕에 재워 놨더니 이름 에도 없는 산도주가 되었다. 맛도 맛이려니와 색깔이 세련(?)되 고 너무 근사했다.

올 봄, 산을 오가면서 산도가 익기를 기다렸다. 작은 열매가 촘 촘히 붙어있는 산도 송이들이 바람에 흔들리며 손짓하고 있었다. 드디어 지난 주 남편과 둘이서 바가지를 들고 산도를 따러 갔다. 연하디 연한 껍질은 딸 때 조금만 세게 누르면 깨져 물이 흘러나 오는 바람에 아기 볼을 만지듯 조심하며 따야만 온전하게 딸 수 있다. 산도를 따면서 입 안 가득 침이 고이지만, 너무 아까워서 입에 넣지는 못 했다. 침만 삼키면서 상대방을 감시(?)하다가 종 내는 서로 바라보고 웃음을 터뜨리고 말았다.

산도에는 가시가 있다. 달콤한 열매를 지키려는 방어용 가시인 지 모른다. 가지마다 3센티미터가 넘는 날카로운 가시가 역시 3

센티 간격의 대칭으로 나와 있다. 방심하면 가시에 찔려 산도물과 똑 같은 색깔의 피를 흘리기 십상이다.

몇 시간 걸려 열심히 따 온 산도의 갈무리 작업은 남편 몫이다. 온전치 못한 놈과 검불을 골라내고, 한 번 살짝 헹궈서 병에 담으며 켜켜이 흑설탕을 뿌려준다. 얼마 지난 후, 혹시 흰 거품이 올라오면 소주를 살짝 부어주라는 누군가의 귀띔이 있었다.소독과, 변질되는 것을 방지하기 위해서라 한다.

엊그제, 한참 산도 따기에 열중하고 있는데 남편이 '당신 선물' 하고 가지를 하나 건네준다. 까맣게 익은 열매가 포도송이 같이 탐스러운 산도 송이다. 신선한 해풍과 공해 없는 맑은 공기 속에서 익어가는 산도의 선물 값(?)은 얼마나 될까?

까맣게 익은 산도 열매

꼭 콩알만한 산도 열매를 따 모으다 보면 은연중에 서로를
감시(?)하게 된다. 서로 안 볼 때 살짝살짝 입에 넣은 산도가 입술과 혀를 새까맣게 물
들인다.

봄, 숲에서 일어난 일

섬으로 들어와 도시 중심의 문화와 삶을 자연 중심으로 옮긴 후, 매해 맞는 봄은 나에게 각별한 의미가 있다. 도시에 살 때는 생각할 수도 없었던 일들, 봄 중심의 자연에서 일어나는 일들을 내 눈으로 직접 보며, 살아 있는 자연과 만나기 때문이다. 올 봄도 그런 의미에서 특별한 봄을 보냈다.

우리 부부가 날마다 낫과 호미를 들고 일하러 가는 밭이 있다. 집에서 남쪽으로 1킬로미터 쯤 떨어져 있는 해변가 언덕에 있는 밭이다. 집에서 출발해 선착장을 돌아 오른쪽으로 바다를 끼고 걸어가면, 교회와 빈집을 포함해 여덟 채의 집이 있는 동네 '무등골'이 나온다.

지금은 주민 네 명이 그 마을을 지키고 있다. 거기서 산등성이를 타고 올라가면 오른쪽은 마세 해변으로 내려가는 오솔길이다. 한여름에는 대나무와 풀숲으로 하늘이 보이지 않아 좁은 터널의 산속 고샅(시골 마을의 좁은 골목길)이다. 해변으로 내려가는 길을 마다하고, 중간쯤에서 왼쪽으로 내려서면 컴컴한 대나무 밭이 나온다.

이 밭을 지나 한 걸음 껑충 오르면 갑자기 시야가 확 트이며 마세 해변이 한 눈에 내려다 보인다. 이곳은 수년 전 우리가 비파와 후박나무를 심고 비파열매를 기다리고 있는 넓은 경사진 밭이다. 그 밭을 지나 마세 해변의 풍광을 즐기며 꼬불꼬불 이어지는 오솔길이 100미터 가량 이어진다.

남편이 3년 동안 수리한 한옥 폐가를 사이에 두고 감자와 토란을 심은 100여 평의 텃밭과, 매화나무 200주를 심어놓은 300평 가량의 밭이 우리 부부가 매일 가는 날마다의 일터였다.

일터를 오가면서 해변을 끼고 가는 이 숲길을 나는 좋아했다. 온갖 자연의 신비한 일들을 이곳에서 볼 수 있기 때문이다.

지난 5월 한 달, 신록의 숲에는 찔레꽃이 한창이었다. 찔레꽃은 눈부시도록 하얀 드레스를 입은 5월의 청초한 신부가 들고 있는 꽃다발이다. 가시가 있어 만지기 어려운 찔레나무는 이제 한 남자의 아내가 되는 신부의 마음이다. 그 은은한 향기는 곱게 단장한 신부에게서 풍기는 분 냄새다. 바람에 살며시 날려 떨어지는 꽃잎은 나이든 부모를 두고 떠나는 신부의 눈물이다.

봄의 숲은 새소리, 바람소리, 파도소리와 함께 벌들의 날갯짓으로 분주하다. 오색의 화려한 옷을 입은 비단길앞잡이가 안내하는 숲길에서 곳곳에 짝을 짓는 진초록색풍뎅이를 만난다. 매화나무 잎에서 짝짓기에 열중하고 있는 풍뎅이 곁을 못 본 체하고 지나간다.

나뭇가지에 하얀 거품을 만들어 놓고 거기에 알을 낳아 기르는 벌레들의 지혜로움은 어디서 왔을까? 딱정벌레의 한 종인 비단길앞잡이가 입고 있는 화려한 옷은 어렸을 때 들여다 본 프리즘 속의 오색 무지개다.

이제 6월의 숲은 금은화(인동초)의 노란 꽃과 흰 꽃의 연한 향기로 시작된다. 그리고 산딸기가 익어갈 무렵 섬의 숲은 신록으로 옷을 갈아입는다.

금은화라고 부르는 인동초

　　　　　　　　　　이름으로만 알던 인동초 꽃을 섬 숲에서 만났다. 마당 꽃밭에 심으려고 한 뿌리 캐 왔는데 나중에 보니 숲 전체가 인동초 꽃으로 덮여 있었다.

나누며
사는
삶

나누며 사는 삶

도시에서 살 때는 거의 모든 것이 돈으로 해결되었다. 매끼 음식과 필요한 생필품을 마켓에서 사 오면 되었다. 집 안에 문제가 생기면 전기, 수도, 난방 등 각 전문 기술자를 불러 돈 주고 고치면 만사가 오케이였다.

누구의 도움을 요청할 필요도 없고, 내가 굳이 누구를 도와 주려고 애쓰지 않아도 되었다. 이웃이 무슨 도움이 필요한지 알 수도, 알 필요도 없었다.

그런데 섬에 들어와 살면서 이것이 확연히 달라졌다. 구멍가게 하나 없어 현금이 별 필요 없고, 또 생활의 제반 문제들을 스스로 해결해야 하는 섬에서는 주민이 서로 도우며 살아가는 게 최선의 문제 해결 방법이다. 먹는 것과 식수, 그리고 난방시설 등을 설치하고 관리하는 모든 것을 함께 해야 한다.

혼자 사는 80세 넘은 할머니들도 예외가 아니다. 그래서 섬 할머니들은 강인하다. 섬에서 누구의 도움도 받지 않고 독불장군으로 살기는 힘들다. 모든 분들이 우리에게 도움을 주고 또 우리도 할 수 있는 한 할머니들에게 보탬이 되려고 노력한다.

나눔은 먹거리부터 시작된다. 집 앞에 꽤 넓은 텃밭을 가지고 있는 할머니들은 철 따라 나오는 곡물과 채소를 함께 나눈다.

윤 할머니가 초여름 수확해 주는 마늘, 콩, 보리, 송 할머니가 끓여 마시라고 가져오는 눈에 좋다는 구기자는 한 해도 빠짐이 없다. 옆집 만희 씨가 한꺼번에 뽑아주는 파는 파김치 담고, 문 할머니 밭에서 나오는 무와 배추로 김치를 담고, 해 마다 무말랭이도 만든다.

노인들만 사는 이 섬에서 무등골 신 선장의 통통배와 남편의 선외기도 한 몫을 한다. 동네 배는 한 여름 미역 철에 미역을 매 오는데 없어서는 안 될 수단이다. 또 휴가철에 가족과 손님들이 오면 한 번 씩 배를 태워 달라는 부탁을 받는다.

안개 철이 시작된 요즘 들어서는 객선이 자주 들어오지 않는다. 엊그제 주일 아침에 예배를 드리러 도초에 나가려고 준비하고 있는데 안개 때문에 배가 못 온단다. 우이도에 묶어 둔 우리 보트를 부배 씨가 가져 왔다. 우이도 발전소에 근무하는 부배 씨는 우리가 섬에 들어온 후 남편과 의형제를 맺은 사이다.

나침반만 있던 우리 배에 얼마 전에 내비게이션 역할을 하는 장비 플러터를 달았다. 바다는 잔잔했다. 그 때문인지 남편이 안개 속에서 운항할 용기를 냈다. 그런데 시동을 걸고 막 출발하려던 차에 엔진이 꺼져 버렸다. 시야를 맑게 하는 운전대 앞 선외창(회전 와이퍼)도 작동을 멈췄다.

갑자기 내 마음에 먹구름이 꼈다. 그런데 기계라면 무엇이든 쉽게 고쳐내는 부배 씨가 드라이버를 한두 군데 대자 금방 엔진이 돌아가고 선외창이 움직였다. 내 마음은 다시 환해졌다.

서로 도우며 나누는 사람, 이 보다 더 아름다운 게 있을까.

동리 할머니들
　　　　　섬에 들어와 첫 추수감사절 예배를 드리고 우리 집에서 함께하는 식
사. 동리 할머니들, 그새 여러분이 하늘나라로 떠났다.

세 남자

섬 주민 열다섯 명 중 봄에 할머니 두 분이 돌아가시는 바람에 열세 명의 주민 중 여자가 여덟 명, 남자가 다섯 명이 되었다. 그중 88세의 김 영감은 거동이 힘들어 주로 집에서 생활하고, 목사님을 제외한 나머지 세 사람의 남자들이 요즘 회동하는 일이 잦아졌다.

우리와 한마당을 쓰며 사는 76세의 김 영감님은 지금은 무인도가 된 죽도에서 살다가 8년 전 이 섬으로 이주했다. 오래 전부터 폐가 좋지 않아 얼마 못 산다고 모두들 얘기했다.

그런데도 맑은 공기 덕분인지 환절기에 기침을 하는 것 외에는 그런대로 일상을 유지하고 있다. 도시에서라면 병원에 있어야 할 것이다. 젊은 날에는 고기잡이배를 가지고 바다를 누빈 분이다. 지금도 낚시와 생선 갈무리하는 솜씨는 둘째가라면 서럽다 할 정도다.

작년에 회갑을 넘긴 최 선장은 오랫동안 고기잡이배를 탔다. 그래서 마을 사람들은 선장이라고 불러준다. 올 해 67세인 우리 동네 신 할머니와 3년 전 재혼했다. 신 할머니는 우리 동네에서 제일 말이 없고 성격이 조용하다. 부끄러움도 많다. 이런 분이 용감하게 연하의 선장을 남편으로 받아들였다.

처음에는 얼마나 가겠는가 하면서 동네 할머니들이 수군거렸지만, 시간이 지나면서 최 선장은 자연스럽게 주민으로 편입되었다. 뱃사람의 불같은 성격을 가진 최 선장을 미심쩍은 눈으로 바라 보았지만 다행히 지금은 남편 오 장로의 뒤를 이어 반장 후보로 거론되고 있다.

남편은 섬에 들어와서도 얼마 동안 낚시에 마음이 없었다. 시간이 아깝다는 것이다. 그러나 늘 생선을 얻어먹는 것이 자존심 상해서였을까? 어느 날 뭍에 나가 낚시 도구를 사왔다. 이 세 사람이 요즘 다정하게 어울리며 앞바다에 나란히 배를 띄우고 낚시를 한다. 그런데 낚시하는 사람처럼 배도 각기 다르다.

김 영감님의 배는 몇십 년 전에 쓰던 무동력선이어서 고도의 노젓는 기술이 필요한 배다. 동네에서는 '뗏마'라고 부른다. 최 선장의 배는 디젤기름으로 움직이는 10마력 정도의 통통선이다. 속도가 느리고, 클러치가 없어 후진을 못 한다는 약점이 있지만, 작년 여름에 이 배로 동네 공동사업인 미역을 몇 차례나 비어 날랐다. 2년 전 돌아가신 전 반장 오 노인에게서 물려받은 '역전의 용사'다.

남편의 배는 3년 전 구입한, 휘발유를 연료로 쓰는 115마력의 선외기(엔진이 노출된 배)로 25노트의 빠른 속도를 자랑한다.

그러나 배의 성능과 낚시 기술은 무관하다. 석기시대 유물 같은 김 영감님의 배와 최 선장의 배는 노상 만선이다. 남편의 낚시 기술을 아는 나는 남편이 들고 오는 어망에 담긴 고기를 직접 잡았는지 아니면 얻어온 건지 묻지 않는다.

최 선장의 뗏마

섬에 사는 세 남자의 배가 낚시를 하기 위해 바다에 떠 있다. 그 중 최
선장의 '뗏마'는 앞으로만 가는 늙은 배지만 미역 작업에는 빼 놓을 수 없는 용사다.

갯까치수영

갯까치수영 혹은 갯까치수염이라고도 부른다. 바다 가까운 숲이나 갯바위 틈에서 자란다.

섬에 들어온 이듬 해 6월, 우연히 산자락에서 발견한 이 풀은, 아직 꽃은 피지 않았지만 줄기나 잎의 모양새가 예사롭지 않았다. 줄기와 잎이 전체적으로 원을 이루며 자라는 단아한 모습이 귀티가 났다. 붉은 색 줄기에 친 가지에 달린 주걱 모양의 잎은 선인장 잎처럼 도톰하고 푸르렀다.

얼마 후에 보니 가지 끝마다 겹겹이 자잘한 꽃망울이 달려있었다. 그리고 이 내 촘촘하게 모인 자잘한 흰색 꽃망울을 터뜨리기 시작했다. 그 꽃이 얼마나 청순하게 보이는지 꽃을 들여다보는 내 마음까지 깨끗해지고 순결해지는 느낌이 들었다. 바람 불고 파도치는 바닷가에 어울리지 않는 정돈되고 단정한 꽃이었다.

욕심이 났다. 꽃이 필 때는 절대 옮기면 안 된다는 남편의 만류에도 불구하고 삽으로 뭉텅 떠다가 우리 마당 꽃밭에 심었다. 아니나 다를까 꽃 피는 동안 시들시들 마르더니 꽃도 다 피어보지 못 하고 죽어버렸다.

그 꽃을 죽인 후, 다시는 야생화를 우리 마당에 옮기지 않겠다고 마음먹었다. 그 후로는 우리 섬 어디서도 갯까치수영을 찾아볼 수 없었다. 마음 한편이 늘 아쉬웠다.

지난 주 토요일 창원에 사는 남편의 친구 부부가 모처럼 시간을 내어 섬에 들어왔다. 전 날 홍도와 흑산도를 거쳐 우리 섬까지 오는 긴 여정이라, 남편은 우리배로 쾌속선이 도착하는 비금까지 마중을 나갔다. 내친 김에 친구 부부와 함께 그 동안 지척에 두고도 가 보지 못한 우이도 돈목의 관광지 모래 언덕을 찾아갔다.

모래 언덕은 하도 많은 사람들이 밟아서 지형이 변하기 시작해 이제는 들어가지 못 하게 울타리를 쳐 놓았다. 모래언덕 관광보다는 그 곳까지 걸어가는 300미터가 넘는 인적 하나 없는 해변길이 운치가 넘쳤다.

바닷물이 막 빠져나가 물이 잘박대는 모래사장을 마음이 맞는 친구와 말없이 걷는 것 자체가 행복이었다.

친구 내외는 우리가 꿈 섬으로 가꾸고 있는 무인도 죽도에도 가고 싶어 했다. 안개가 살포시 낀 바다를 달리는 뱃머리에 앉아 찬 바람을 맞으며 바다에 떠 있는 섬 풍경을 카메라에 담느라 여념이 없었다.

암벽으로 둘러싸인 죽도에 내려 몇 걸음 옮기는데, 친구 내외가 탄성을 지르며 갯바위 틈에 핀 흰 꽃에 열심히 카메라를 들이댔다. 바위틈 여러 곳에 갯까치수영이 소담하게 피어 있었다. 보아 주는 사람도 없는 무인도에 활짝 피어있는 갯까치수영이 너무 아까웠다. 한 무더기 가져 가 우리 섬에 옮겨 주고 싶은 욕심이 갑자기 생겼다.

갯까치수영에게는 사람이 아니라 파도 소리와 바닷바람이 벗임을 깜빡 잊을 뻔 했다.

섬 해변길에 핀 갯까치수영
　　　　　　　　　여름날, 해변길에서 우연히 발견한 갯까치수영의 단
아하고 품위 있는 모습은 내 마음까지 깨끗하고 순결하게 만든다.

냉장고 이야기

우리가 처음 섬에 들어와 자리 잡으면서 필요한 가전제품을 들여올 때였다. 남편은 기왕 시골에서 사는데 가능하면 가전 기구를 가져오는 것을 최소화하자고 했다. 그 중 하나가 냉장고였고 텔레비전도 포함됐다.

그런데 섬에 사는 할머니들은 하나같이 초대형 냉장고를 방에 들여 놓고 있었다. 처마가 낮은 섬 집에 들여놓을 수 없어 처마를 뜯고 들여 놓은 집도 있었다. 천정이 낮고 누추한 방에 거의 천정까지 닿는 커다란 냉장고가 덩그마니 놓여있는 방안 풍경은 참 어울리지 않았다.

섬 할머니들은 입는 것과 생필품 등을 절약하는데 있어 둘째가라면 서러운 분들이다. 한 달 생활비를 일이십 만원 내에서 해결한다. 그런 분들이 냉장고만은 도시의 가정에서도 흔하지 않은 500리터가 넘는 대형 냉장고를 사용하고 있었다.

할머니들은 별 욕심이 없다. 옷도 다 떨어질 때까지 입고, 살림도 닳을 때까지 몇 십 년 동안 바꿀 줄 모른다. 그야말로 모든 살림이 골동품이다. 그런데 한 가지, 먹거리에는 욕심이 넘친다. 뭍과 멀리 떨어져 살면서 생긴 어쩔 수 없는 욕심인지 모른다. 아니면 먹거리는 우리 목숨과 맞닿아 있기 때문이어서인지도 모른다.

밭에서 나온 곡식 채소와 갯가에서 잡아온 갯것, 그리고 건너편 서리 섬 어선에서 공짜로 얻는 생선들을 말려서 갈무리해 냉동실에 넣어둔다. 여기에는 뭍의 자녀들이 보내주는 제철 과일도 있고, 부모님들을 위한 보약과 간식도 포함된다. 아무튼 할머니들의 집에는 언제든 간식이 넘치고 냉장고도 항시 포화 상태다.

남편은 마음 내켜 하지 않았지만, 나는 할머니들의 강력한 권고를 핑계 대며 대형 냉장고를 들여 놓았다. 물건을 살 수 있는 가게가 없다는 게 나에게도 한 가닥 위기의식으로 작용했었다.

그런데 시간이 지나면서 섬 생활은 냉장고가 필요 없을 만큼 제철 음식만으로도 넘친다는 걸 알게 되었다. 그래서 할머니들은 우리 집의 넉넉한 냉장고에 뭘 보관하기를 좋아한다.

엊그제, 옆집 만희 씨가 냉장고가 고장 났다면서 고쳐 달라고 와서 남편이 급히 출동했다. 만희 씨의 냉장고는 어장을 하는 아들들이 퍼 주고 가는 생선을 갈무리해 보관하느라 더 큰 것으로 바꾼 지 얼마 되지 않았다. 냉동실은 말린 고기를 담은 검은 비닐봉지로 더 이상 여지가 없었다. 공기조차 소통되지 않는 냉동실에 비닐봉지가 문틈에 끼어 문이 닫히지 않은 게 고장의 원인이었다.

1920년대 가정용 냉장고가 보급된 후, 음식이 절약되기는커녕 오히려 상해서 버리게 된 음식물이 30퍼센트나 더 늘었다고 한다. 섬에서도 별로 다르지 않음이 안타깝다.

천정에 닿은 이웃 집 할머니 냉장고

냉장고가 천정을 받치고 있다. 천정이 유난
히 낮은 섬 집집마다 냉장고만은 예외 없이 초대형이다. 냉장고 안에 탐심이 가득 차
있다. 우리 집도 마찬가지다.

할머니의 행복

섬에 귀하고 귀한 것이 있다. 너무 귀해서 아예 없는 것이다. 아이들이다.

초등학교나 중등학교를 마치고 진학을 위해 뭍으로 나가면서 섬에 아이들과 젊은이들이 사라진 것이 어제 오늘만의 일은 아니다. 지금 우리가 거주하는 집도 10여 년 전에 폐교가 된 초등학교 건물이다. 우리 섬과 마주보고 있는 섬, 어업을 하는 몇 가구가 사는 인구 스물다섯 명의 서리(서소 우이도)의 초등학교, 서리 분교에는 지금 학생 한 명, 교사 한 명이다.

이 섬에는 방학이나 명절 때가 되어야 손자 손녀들이 찾아온다. 이런 때면 조용하던 섬은 아이들 소리로 시끄러워지고 비로소 사람 사는 냄새가 나고 웃음이 찾아온다. 섬에서는 이것을 '행복'이라고 한다.

그해 5월, 어버이날이 지나고 며칠 후 큰아이 가족이 오랜만에 섬에 들어왔다. 모처럼 휴가를 내어 어려운 나들이를 한 것이다. 두 살 터울인 세 아이를 모두 데려왔다. 우리 나이로는 다섯 살, 세 살 그리고 한 살짜리 젖먹이 막내를 데리고 승용차로 경상남도 진해에서 출발해 목포까지 와 다시 세 시간 배를 타고 들어왔다.

배 시간에 맞추느라 점심도 거르고 들어온 아이들을 위해 상을 차리는데 무등골에 사는 최 선장이 낚시로 잡은 살아 있는 우럭 몇 마리를 들고 왔다. 바람 없는 맑은 날씨에 햇볕이 따스한 마당에 자리를 폈다.

남편은 회를 뜨고 나는 텃밭에서 상추를 뽑았다. 저녁에는 매운탕을 끓이고, 오랜만에 텔레비전 없는 조용한 저녁에 세 아이들은 파도 소리를 들으며 일찌감치 잠이 들었다.

이튿날은 아침부터 남편과 큰 아들이 각기 지게를 지고 언덕 너머 비파와 매실 나무 밭으로 20킬로미터의 퇴비 부대를 나르기 시작했다. 손주 둘은 할아버지와 아버지를 따라 간다고 나섰다. 지게에 비료를 두 포씩 얹고 산등성이를 넘는 할아버지와 아버지의 뒤를 따라가는 손자 손녀가 점처럼 작게 보였다.

점심을 준비해 배낭에 메고, 며느리는 막내를 등에 업었다. 비파나무와 매실나무를 보러 가기 위해서였다. 아이들이 매실나무밭 사이를 뛰어다니며 즐거워 했다. 돌아오는 길은 모래사장이 넓은 해변 길로 들어섰다. 한 걸음 먼저 내려간 아들은 햇볕이 따스한 모래사장에 누워 잠간 사이 잠이 들어있다.

아들이 일어설 때까지 손주들과 해변에서 놀아줬다. 모래투성이가 되어 깔깔거리며 뛰어다니는 아이들을 바라보는 내 가슴 가득이 행복감이 밀려왔다.

이튿날 주의보가 내린다는 일기예보에 아들 가족은 하루 먼저 나가기로 했다. 떠나는 손주들에게 할아버지가 선물을 건넸다. 귀에 대고 있으면 바닷바람 소리가 아득히 들리는 새끼 소라껍질이었다. 섬 할머니, 섬 할아버지가 생각나면 귀에 대 보라면서…

뭍으로 떠나는 자녀, 손주들과 배웅하는 섬 할머니들

섬사랑 호를 타고 뭍
으로 떠나는 자녀와 손주들을 배웅하는 섬 할머니들.

행복한 아이들

우리 부부는 매주일 면사무소가 있는 큰 섬, 도초도에 있는 교회로 예배를 드리러 나간다. 우리 섬에서 뱃길로 40분 걸리는 거리다.

아홉 시 전후해 도초에 도착하면 주일 날 이용하기 위해 선착장 부근에 주차해 놓은 승용차를 타고 교회로 향한다. 교회로 가는 직선 도로가 있지만 사방이 훤하게 터져 있는 시원한 논길로 들어선다. 엊그제 심은 벼가 벌써 무릎까지 자라 초록색으로 물결치는 게 보기 좋다. 10분도 채 안 걸려 교회에 들어서면 주일학교 예배 시간이다. 부장인 최 장로의 설교하는 쩌렁쩌렁한 음성이 교회 밖까지 들린다.

최 장로는 교인 1백 명 남짓한 교회의 세 분 장로 중 50대로 가장 젊다. 늘 단정하고 겸손하다. 주일 예배 때 최 장로의 대표기도를 들으면 내가 이 교회에 출석하기를 정말 잘 했다는 생각이 든다.

시골에 사는 분답지 않게 적절한 단어와 진솔한 언어로 기도한다. 섬에서 자연과 더불어 논밭 일만 하는 분의 마음에 무슨 검댕이 있다고 그렇게 절절한 회개의 기도를 하는지, 마음이 하얀 척하고 앉아 있는 나는 부끄럽다.

작년 가을, 예비 주의보가 내려 남편과 하루 일찍 도초에 나간 적이 있었다. 그날 저녁 시간에 최 장로 댁을 방문했다. 도초가 고향인 최 장로는 태어난 그 집에 50년째 그대로 살고 있다. 별로 손댄 것 같지 않은 불편하기 짝이 없는 집에는 벽에 건 부모님의 낡은 액자 사진 외에 아무런 장식도 없다.

최 장로의 꿈은 교사가 되는 것이었다. 그러나 집안 사정으로 중학교를 졸업하고 생활 전선에 뛰어드는 바람에 결국 꿈으로만 간직하게 되었다. 믿음밖에 없는 가난한 청년이었지만 당시 이 교회 담임 목사가 중매해서 하의도의 수줍은 처녀(지금은 권사)를 부인으로 맞았다. 그 후 새색시를 시부모 밑에 버려두고(?) 서울에 가 장사 일을 하며 12년을 보냈다.

특유의 성실함 때문에 주인이 놔 주지 않았다. 뒤늦게야 이게 사람 사는 도리가 아니다 싶어 모든 것을 뿌리치고 고향으로 내려온 후에는 한 번도 뒤를 돌아보지 않았다. 그 후 최 장로의 삶의 순위는 첫 째는 하나님, 둘째는 하나님 일이었다.

학교 교사가 되고 싶었던 최 장로는 교회학교 교사를 일생의 천직으로 믿는다. 그의 삶에 이 보다 더 큰 감사가 없다고 고백한다. 그래서 꿈이 이루어졌다고 믿는다.

섬에는 아이들이 별로 없다. 학생 넷에 교장을 포함하여 교사가 셋이다. 그러나 최 장로의 열정은 마치 몇백 명 놓고 가르치는 것과 다르지 않다. 우리가 교회에 출석한 이후 한 번도 다른 모습을 보지 못 했다.

교사들은 아이들이 너무 소중해서 보듬다시피 하며 분반공부를 한다. 아이들이 한 명이라도 결석하거나 줄게 되면 최 장로는 하나님께 눈물로 호소한다.

" 하나님 제가 교사를 못 하게 되는 것은 죽는 것과 다를 바 없습니다. 차라리 제 생명을 데려가 주십시오. "

이보다 더 행복한 아이들이 또 어디 있겠는가?

지남교회 주일학교

　　　　　　어느 곳에서나 어린이는 소중하고 축복된 존재다. 그러나 섬에
서는 더욱 귀한 보배다.

그분이 인도하는 삶

미국에서 공부하던 막내아들이 5월 초 학부 졸업을 하고 만 2년 만인 지난 주 월요일에 귀국했다.

아들의 계획은 졸업 후에 소형비행기 조종사 면허를 딴 다음, 귀국했다가 아프리카로 갈 예정이었다. 그 후에는 요하네스버그에 있는 크루거 내쇼날 파크 안의 훈련센터에서 일 년 동안 훈련을 받고, 아프리카에서 봉사활동을 하려는 꿈을 가지고 있었다.

졸업하고 아프리카에 가기까지는 두 달 여유가 있었다. 그래서 귀국하면 섬에 들어와 한 달 쯤 아버지 일을 돕겠다고 했다. 남편도 오랜만에 아들과 함께 일할 꿈에 부풀어 있었다. 마세 폐가의 허물어진 벽을 바르기 위해 몇 달 전 도초에서 황토를 차로 실어

다 놓았는데, 아들이 들어오면 선착장에 부려 놓은 황토를 폐가로 옮기려고 계획했다.

아들이 소형비행기 훈련을 받는 동안 몬태나 날씨가 전에 없이 나빴다. 6월까지 눈비가 내렸다. 마지막 코스인 야간 비행과 단독 비행으로 크로스 컨추리(50마일 이상 떨어진 도시 간 왕복비행)를 끝내는 동안 날씨 때문에 훈련 기간이 예상보다 훨씬 길어졌다.

드디어 조종사 면허를 받고, 사흘 후인 지난 월요일에 귀국해서 다시 아프리카로 가기까지 꼭 일주일의 시간밖에 남지 않았다. 아들은 귀국한 이튿날 서울에서 국제운전면허를 취득하고 말라리아 약을 구입하는 등 아프리카 갈 준비를 마쳤다. 어제는 큰아들 가족까지 합류해 대 식구가 섬에 들어가기 위해 목포를 거쳐 도초도까지 들어올 수 있었다. 바다가 잔잔하면 남편이 우리 배로 도초도까지 마중 나와 섬으로 들어가기로 계획을 세웠다.

도초에 도착하니 남편이 기다리고 있었다. 비 때문에 보트를 못 가지고 온 것이다. 이럴 경우 타고 갈 수 있는 개인 낚싯배인 사선을 알아보는데, 한번 왕복에 15만원을 달라고 한다. 너무 비싸 포기했다. 대신 우리가 출석하는 도초 지남교회에서 수요 저녁 예배를 드리고 교인들께 인사드리기로 했다. 교회 건물을 신축 중이어서 일꾼들을 위해 준비한 저녁 식사를 우리 가족도 함께 대접 받았다.

다음날 새벽에 부두에 나가니 안개가 천지를 가득 메웠다. 안개 때문에 아침 배가 출항하지 못한다 한다. 섬에 들어가 아들과 해야 할 일이 많은데⋯. 어른들과 달리 손주들은 배가 못 가도 아무 상관이 없다. 차가 없는 부둣가와 골목을 신나게 뛰어다니며 즐거워한다.

오후 배를 타고 섬에 들어가면, 아들이 서울에 올라갈 때까지 이틀의 시간이 남는다. 한 달에서 이틀로 줄어버린 것이다. 가난한 사람을 돕는 것같이 섬의 일도 죽을 때까지 해도 끝나지 않는 것이다. 서운하지만 짧은 시간을 더 밀도 있게 보내라는 하나님의 계획 아니겠는가?

누가 그분의 뜻을 알 수 있으랴! 그 분이 선하시다는 것과 그 분의 인도함이 우리에게 가장 유익하다는 것밖에는⋯.

아프리카로 떠나기 전 조카와

　　　　　　　　유학 갔다가 2년 만에 귀국해 섬에 들어온 작은 아들이 단 이틀 섬에 머물고 다시 아프리카로 간다며 떠나서 엄마를 서운하게 했다.

우이도 공기의 힘

우리가 섬으로 이주하기 일 년 전, 매입해 놓은 폐교를 수리할 때
다. 학교는 교실 한 칸과 바다 쪽 창가로 이어진 회랑이 전부였
다. 단칸 교실을 막아 사무실과 부엌, 화장실 그리고 손님이 묵
을 수 있는 거실로 칸을 막고, 바닥과 천정을 새로 하는 공사였
다.

　회랑도 창문을 달아 베란다로 만들었다. 마당을 가로질러 교사
한 가족이 상주하던 아홉 평짜리 관사도 수리해야 했다. 마침 섬
교회의 목사님이 목회를 하기 전 건축 일을 하시던 분이어서 폐
교를 개조하는 제법 큰 공사를 기꺼이 맡아 주었다.

　그 때 우리 섬에는 목사님이 데리고 일할 만한 사람이 없었다.

할 수 없이 팔이 하나밖에 없는 67세 된 동네 반장을 데리고 4개월에 걸쳐 공사를 진행했다. 반장님은 2년 후 돌아가셨다. 당시 광주에서 월드비전 복지관장으로 근무하던 남편은 주말을 이용하고, 서울에 있던 나는 주중에 형편이 되는 대로 섬에 들어가 공사의 진척을 확인했다.

목사님이 거의 혼자 하는 공사였다. 한 번은 모처럼 남편과 둘이 섬에 들어갔더니 정화조 공사가 한창이었다. 학교 마당에 지름 2미터, 깊이 2미터 가량의 구덩이를 파고 정화조를 묻는 작업인데, 우리 부부도 뭔가 도움을 드려야겠다는 생각에 겁도 없이 구덩이 파는 일을 자청했다.

괭이로 흙벽을 깨고 삽으로 흙을 퍼 양동이에 담아 밖으로 내보내며 조금씩 파 내려가는 작업이다. 남편도 나도 그런 일을 해보았을 턱이 없었다. 7월 뙤약볕 아래서 두어 시간 땀으로 목욕을 했다. 마무리는 목사님이 했다.

그 날 밤 우리 부부는 자리에 누우면서 내일 아침에 어쩌면 아주(?) 일어나지 못할 지도 모르겠다는 생각을 똑같이 했다. 그러고 나서 나무토막 같이 무너져 정신없이 잤다.

이튿날 새벽 예배 종소리에 잠이 깼다. 우리는 아무렇지도 않게 일어나 교회에 갈 준비를 하면서 스스로도 놀랐다. 아픈 곳이 한 군데도 없었다. 피곤함도 전혀 느낄 수 없었다. 지금도 그 때 생각을 하면 불가사이하다.

요즘은 서울에 잠시 머물면서 버스와 택시를 타고 다니면 이상하게도 금방 피곤해진다. 하루 종일 일도 안 하는데 저녁이면 기진맥진하다. 섬에서는 일이 힘들기는 해도 피곤하지는 않은데 말이다. 무슨 차이일까?

자연이 일터고 그 자연 속에 흐르는 맑은 공기가 차이를 만들어 내는 것임을 살아 갈수록 확신하게 된다. 자연 치유법이라는 것이 결국 신선한 공기 속에 건강과 치유에 필요한 모든 영양제와 치료약이 포함되어 있다는 뜻 아니겠는가?

하루 스물네 시간 공짜로 맑은 공기를 숨 쉴 수 있는 섬에 사는 것은 내 평생 결정한 일 중 가장 잘한 일이다.

우리 집과 마당이 된 폐교

섬에서 유일했던 초등학교, 더 이상 학생이 없어 폐교
가 된 동리 분교를 우리 부부가 '섬 사랑학교'로 이름 지어 살고 있다.

값없이 주시는 하나님의 은혜

우리 부부가 도초도의 교회로 출석한지 1년 반 되었을 때다.
100여 명 남짓한 교인 중 50대가 대부분인 성가대원 열두 명을
제외하면 나머지 교인의 평균연령이 70대인 전형적인 시골 섬
교회다.

우리가 사는 섬에 있는 교회에서 이 교회로 남편과 나의 교적을
옮기고자 했지만 의외로 여의치 않았다.

섬에는 여러 가지 이유로 피신(?) 왔다가 떠나는 도시 사람들이
더러 있다고 한다. 우리처럼 아예 주거지를 옮겨온 사람도 이런
오해를 받을 수 있음을 나중에야 알게 되었다. 이것이 위의 '여의
치 않았던' 이유였다.

매주일 아침, 40분 걸려 배를 타고 예배를 드리러 가는 우리의 마음에는 기대감이 넘친다. 어렵게 예배를 드리러 가는 만큼 성공적인 예배를 드리리라 다짐한다. 나는 찬양대를 섬기고, 남편 역시 찬양대원과 중고등부 교사로 봉사하면서, 지난 30년 동안 도시 교회에서 감당하던 여러 사역들이 큰 힘이 되고 있다.

우리를 즐겁게 하는 것이 또 있다. 순박한 사람들과의 교제다. 예배 후, 전 교인이 앉은뱅이 밥상에 삼삼오오 둘러앉아 밥을 먹는데 늘 잔칫집 같다. 논농사와 밭농사가 주업인 섬에는 매주 차리는 점심을 위해 따로 돈 들일 일이 없다. 손수 농사지은 곡식을 집에서 도정해 짓는 밥은 언제나 햇밥같이 맛있다. 생선은 당번 구역에서 낚시로 잡아온다. 야채는 밭에서 뽑아오면 된다.

맥추감사절인 지난 주 점심상에 모처럼 육(肉)고기와 떡이 올랐다. 올 상반기 하나님께 감사 드릴 제목이 많은 남편 오 장로가 교인들께 점심을 대접했다. 감사함으로 예배를 드리고, 푸짐한 점심상을 받은 교인들 사이에 화기가 넘쳤다. 톳과 해파리 무침, 깻잎, 상추, 풋고추, 그리고 닭발볶음에 미역국까지, 상다리가 휘어졌다.

작년 봄, 목사님과 교인들 여럿이 배를 타고 우리 집에 심방을 다녀간 후, 오 장로 내외가 논밭 일도 없는 오지 섬에서 무얼 먹고 사는지 모르겠다고 소문이 났다. 그 후 작년 가을, 교인 몇 분이 수확한 쌀과 찹쌀을 몇 자루 보내 주었다. 고춧가루, 깨, 참기름, 마늘, 콩 그리고 올봄에 수확한 보리쌀까지, 1년 동안 먹고도 남을 만큼 얻었다.

어디 그 뿐인가? 매주 예배를 마치고 올 때면 철 따라 여러 가지 야채와 과일 등이 우리 차에 실려져 있다. 엊그제 주일에는 무 두 개, 풋고추, 감자, 솔(부추)이 봉지에 담겨 있었다. 마늘 한 쪽도 사 먹어야 하는 도시 생활에 익숙해 있던 나는, 처음에 이 모든 것을 돈으로 환산하며 마음 불편해 했다. 그래도 교인들의 애정 어린 공세는 멈출 줄 모른다.

어느 날이던가? '거저 받는 것'이 하나님 은혜라는 생각이 계시(?)처럼 마음속으로 들어왔다. 그때서야 미련한 나는 깨닫게 되었다.

아하! 하나님께서 이 분들을 통해 '값없는 은혜'를 베푸시는 것이로구나, 하고.

지남교회 교인들의 점심

예배 후 함께하는 점심 식사 시간은 늘 화기애애하다. 음식을 통해 주님이 주시는 은혜와 풍성한 교제를 나눈다.

창조주의 숨결이 느껴지는 곳

섬 생활은 비교적 단순하다. 섬 구석구석까지 보급된 위성 텔레비전이 유일하게 뭍과 소통하는 통로다. 그래서 우리 섬의 할머니들은 텔레비전을 냉장고 다음으로 소중하게 생각한다. 텔레비전이 고장나면 목포에 연락해 기술자를 세 시간씩 배 타고 들어오게 할 정도다.

그러나 노인들 외에 섬에서 한가하게 텔레비전을 시청하는 사람은 많지 않다. 텔레비전은 오히려 다른 역할로도 쓰인다. 섬전체가 논밭 농사와 염전으로 쉴 새 없이 돌아가는 도초도 같은 경우, 면사무소와 농협에서 주민들을 위한 정보 제공과 수확한 농산물의 판로 역할을 단단히 해 준다.

도초의 대표적인 생산품인 시금치, 고추 , 콩, 마늘, 깨 등이 농협을 통해 가격이 매겨지고 전국으로 팔려 나간다. 그리고 시금치를 비롯한 일부 작물은 날마다 텔레비전을 통해 판매 가격을 주민들에게 공개적으로 통보한다.

이런 면에서 텔레비전은 섬 주민들의 또 다른 필수품이다. 텔레비전을 보면서 이웃집의 수확량과 수입을 낱낱이 알게 된다. 이것으로 서로 시샘도 하고 도전을 받기도 한다.

그러나 그리스도인들에게는 교회가 신앙 공동체이면서 생활과 삶의 중심 역할을 한다. 교회를 통해 성도간의 교제와 봉사, 가난한 이웃과의 나눔도 이루어진다. 또 생활의 정보를 교환한다. 교회 안에서 파종 시기를 의논하고, 새 종자에 대해 품평하는 것을 흔히 듣는다.

예배 다음으로 중요시 하는 게 모두 함께 하는 점심 식사다. 이한 끼 식사에 모든 정성을 들인다. 돈 주고 사 오는 것은 거의 없다. 수입품도 물론 없다.

매주 예배 후, 점심상에 오른 반찬을 보면 여기가 시골 섬이라는 생각이 들지 않는다. 바다에서 잡아 올린 도다리 찜과 무를 썰어 버무린 간자미회무침, 산에서 캔 더덕과 도라지, 바우옷으로 만든 묵과 바닷물을 간수로 만든 단단하고 고소한 생두부와 미역냉국이 지난 주 점심 식단이었다.

모든 것을 논과 밭에서 자급하는 교인들은 먹는 것을 서로 나눔에 인색함이 없다. 그래서 잘 살고 못 사는 것에 관계없이 식생활에는 별 차이가 없다.

　먹을거리뿐 아니다. 하나님께 드리는 감사 예물에도 풍성함이 넘친다. 한 번 뭍에 다녀올 때마다 드리는 헌금이 출타 감사 헌금이다. 보통 7-8명 되는 출가한 자녀들의 생일을 무엇보다 하나님께 드리는 감사 예물로 기억한다. 뭍에 있는 자녀와 친지들이 다녀가는 것도 감사 제목이다. 가장 큰 감사는 곡식의 파종과 결실의 모든 절기에 드리는 감사다. 땅을 통해 먹거리를 주시는 하나님께 드리는 근원적인 감사다.

　도시의 아스팔트와 빌딩 숲 가운데서는 들을 수 없는 창조주의 숨결을 느낀다. 하나님이 세 번째 날 만드신 생명의 땅에서 거둔 정직한 결실을 먹는 축복에 오늘도 감사한다.

지남 교회서 바라본 도초 들판
언제나 수로에 물이 넘쳐 농사에 걱정이 없다. 보
기만 해도 풍요롭고 풍작을 약속하는 듯하다. 인간의 먹거리가 다 이 땅에서 나온다.

행복한 시간

우리 섬에서의 유일한 공동사업이면서 제일 큰 수입원이 되는 미역 철이 코앞에 다가왔다. 한 달 전부터 긴장하며 기다리고 있다. 할머니들은 이때를 대비해서 체력(?)을 기른다고 도초도 비금에 있는 병원에 가서 영양주사를 맞기도 한다.

미역은 김을 매는 것 같이 낫으로 베기때문에 '맨다'는 표현을 한다. 그런데 미역을 매는 것 이상으로 중요한 것이 말리는 작업이다. 산더미 같이 매 놓은 미역을 제 때 말리지 못하면 수확이 반감된다. 전 날 맨 미역을 그 이튿날 하루 볕에 바싹 말릴 수 있는 두 마리 토끼를 잡아야 '상품'이 나온다.

보름이나 그믐 '사리'날, 간조 시간에 맞춰 초저녁부터 몇 시간 걸려 맨 미역을 밤새 축축한 곳에 잘 보관한다. 이튿날 새벽 기도 시간, 머릿속에는 온통 미역 널 생각만 가득하다. 새벽 기도 예배가 끝나기가 무섭게 개인 기도도 생략한 채 일어선다.

새벽 기도에 나오지 않는 한둘은 그 시간, 희미한 가로등 밑에서 벌써 미역을 널고 있다. 우리 집 대문에서 시작해 남쪽으로 선착장을 거쳐 무등골로 이어지는 500미터 되는 해변 길에 폐어망을 깔고 집집마다 미역을 넌다. 검은 미역으로 덮인 해변 길은 자체로 장관이다.

자연산 돌미역은 줄기가 두껍고 검은 윤기가 흐르고 끈끈한 진액이 나온다. 이것이 마르면서 미역을 붙게 만들고, 국을 끓이면 보약 같은 뽀얀 국물이 나온다.

자연산 미역에는 귀(耳)가 있다. 동그랗게 말려 들어간 모양이 귀처럼 생겼다. 미역이 자라 올라오는 뿌리 바로 위의 매듭이다. 보통 그 귀를 양쪽으로 놓고 미역 테두리를 만든다. 귀 밑에 있는 뿌리를 상하지 않고 맬 수 있어야 베테랑이 된다.

미역귀는 할머니들에게 좋은 간식이다. 두꺼워서 잘 마르지 않기 때문에 어떤 분은 귀만 떼어서 따로 말린다. 자연산과 양식을 구별하는 기준이 된다고 절대 떼어 내지 못 하게 하기도 한다. 쫀득하게 말린 귀는 씹을 때 아작거리고 갯내가 물씬 난다.

미역을 너는 작업은 농사꾼에게 추수하는 것과 마찬가지로 흥이 솟는 시간이다. 미역이 마르기 전에 재빨리 붙여 나가야 하는 작업이라 마음이 바쁘다. 미역을 너는 할머니들의 손이 나는 것 같다. 혼자 너는 분은 아침을 먹을 새도 없다. 그래도 마음은 흥겹고 신이 난다. 머릿속에는 풍악이 울리고 콧노래가 나온다.

올해는 몇 뭇(20 장이 한 뭇이다)이 나올까? 한 뭇의 시세가 얼마나 올랐을까? 가을에 해산하는 손자며느리에게 미역을 좀 보내줘야지…. 상상의 나래를 마음껏 펼칠 수 있는 이 시간은 행복한 시간이다.

파도에 휩쓸려 잎은 떨어지고 줄기와 귀만 남은 돌미역

섬 할머니들의 가장 큰 수입원인 미역이 수확기를 놓치고 파도에 휩쓸려 잎은 다 떨어져 나가고 줄기만 남아 있다.

동백 샘

내 오랜 꿈 중 하나가 마당에 시내가 흐르는 집에 사는 거였다. 어렸을 때 잠시 그런 집에 산 적이 있었다. 그런 곳에 살아 그런 꿈을 꾸게 되었는지 아니면 아주 어려서 꾸던 꿈을 고향인 춘천으로 이사 가면서 이루게 된 것인지는 분명치 않다.

육이오동이인 나는 피난 후 강원도 원주에서 살다가 부모님을 따라 춘천으로 이사를 갔다. 춘천 낙원동 골목의 마당이 넓은 기와집이었다. 아직 전쟁의 상흔이 가시지 않은 시절, 소도시에서 장사를 하던 부모님은 제법 터가 넓은 집을 구입하셨다. 어린 내가 돌아다니기는 무척 넓은 집이었다.

나무로 울타리가 빙 둘러쳐진 산 밑의 언덕에는 과일나무 여러 그루가 있었고, 그 언덕 옹벽 아래로 도랑이 졸졸 흘렀다. 겨울을 빼고는 물이 흐르는 그곳에서 늘 소꿉장난을 하며 놀았다.

그 후 50여 년 동안 친정인 춘천에서 두 번, 그리고 결혼해서 줄곧 살았던 서울 자하문 밖 세검정에서 몇 차례 이사를 했다. 그러나 어릴 때 추억이 깃든 도랑 흐르는 집과 같은 곳에서는 다시는 살지 못했다.

섬으로 이주한 후, 코앞에 바다가 출렁거려서인지 물 흐르는 마당에 관한 꿈은 까맣게 잊고 지냈다. 산속 몇 곳에 우물이 있지만 물이 귀한 섬 어디에도 땅에 물이 흐를 만한 곳은 없었다. 그런데 섬에 들어온 이듬 해였다. 학교 마당 귀퉁이 풀숲에 콘크리트로 된 사각 구조물이 있는 걸 발견했다.

비가 오면 그 아래 도랑으로 물이 흘러내렸다. 육중한 콘크리트 뚜껑이 덮여 있어 열어볼 엄두를 낼 수 없었다. 그렇게 몇 년을 방치하다 몇 년 전 주위가 정돈되면서 비로소 그 구조물이 우리 마을의 집수통으로 들어가는 통로 역할을 하는, 일종의 정수시설임을 알게 되었다.

벼르던 끝에 날 잡아 무거운 뚜껑을 제쳐 보니 안에 진흙이 꽉 차 있었다.

남편과 비지땀을 흘리며 삽으로 진흙을 퍼내고 물로 몇 차례 헹구고 나니 의외로 쓸 만했다. 비가 그리 많지 않은 섬의 식수는 봄과 가을 몇 차례의 비, 그리고 여름 장마를 지나 땅 속을 흠씬 적시고 고인 후에야 산줄기를 타고 내려와 우리 도랑까지 도달하는 긴 여로를 거친다. 우리는 산에서 물이 내려오는 입구에 큰 돌을 촘촘히 박아 주고, 바닥에는 모래와 자갈을 깔아 주었다. 고맙게도 훌륭한 정수 탱크가 되었다.

남편은 벽에 구멍을 내서 수도꼭지와 호수를 뽑아 주었다. 지금같이 물이 흔한 때는 꼭지를 열면 산에서 내려오는 맑고 찬 물이 콸콸 흘러나온다. 옆 돌 위에 작은 바가지를 놓아두었다. 할머니들이 오가며 시원한 물을 마시며 좋아하신다.

우리는 샘 위에 누워 있는 늙은 동백나무의 이름을 따 '동백샘'이라 지었다. 맑고 차가운 물을 틀어 손장난을 하면 내 마음은 어느새 어려서 살던 고향집으로 간다. 비로소 내 어릴 적 꿈이 이루어진 느낌이 든다.

산에서 내려오는 물을 저장하는 동백 샘

　　　　　　　　　　　　　　　　　산에서 내려오는 물을 저장하고 걸러
내는 동백 샘(동백나무 아래 있어서 그렇게 부르기로 했다.), 맑고 차가운 물을 틀어
손장난을 하면, 내 마음은 어느 새 어릴 적 아늑한 동심으로 돌아간다.

내 잔이 넘치나이다

도초도에 있는 지남 교회에 첫 주 출석하면서 찬양대를 도와 달라는 목사님의 부탁이 있었다. 합류하고 보니 마땅히 지도할 사람이 없는 형편임을 금새 알 수 있었다.

찬송가가 미쳐 익숙하지도 않은 중3 학생의 반주에 맞춰, 교회에서 제일 젊다는 평균연령 50대 열한 명의 대원들이 우왕좌왕하며 곡을 정한 후, 몇 번 맞춰 보는 게 다음 주를 위한 찬양 연습의 전부였다.

도시에서 살다 내려와 신원도, 실력도 확실하게 검증(?)되지 않은 내가 곧 바로 찬양대를 지도하게 되면서 겉으로는 아무도 반대하지 않았지만, 내게 보내는 거북한 표정과 경계의 눈초리는 어떻게 할 수 없었다.

시골 섬 교회는 찬송가 음을 틀리게 부르는 게 만연되어 있다. 물론 일부러 그러는 것은 아니다. 목사님도 예외가 아니며 찬양 대도 마찬가지다. 틀린 음으로 찬송가를 부르면 이상하게도 은혜 가 되지 않는다는 것을 여기 와서 처음 알게 되었다.

단음으로 부르는 찬양대지만 기본적으로 제대로 된 음을 내기 도 쉽지 않았다. 악보에 없는 음도 들어가고, 악보와 다른 음으 로 편곡해서 부르는 것도 다반사였다. 언제나 정확한 음으로 불 러야만 은혜롭고, 바른 찬양이 된다는 나의 고정관념이 한동안 힘들게 했다. 한 사람이라도 틀린 음을 내면 넘어가지 못했다.

이렇게 악보를 가지고 씨름하던 어느 날, 복음성가 안철호 작사 작곡의 '세상에서 방황할 때'를 연습하던 때였다. 워낙 은혜로운 곡인지라 내 마음도 울렁이고 있는데, 지휘하면서 보니 한 대원 이 눈물을 흘리며 찬양을 하고 있다. 순간 내 눈에서도 기다렸다 는 듯 눈물이 터졌다. 그리고 이걸 본 찬양대원들의 눈도 하나 둘 씩 젖어갔다.

이렇게 성령 안에서 하나 된 놀라운 경험을 한 후, 찬양대의 분 위기가 달라졌음은 물론이다. 지금은 악보에 눈을 꽂고 한 번도 지휘자를 보지 않고 부르던 찬양대원들이 악보를 외워, 나와 눈 을 맞추고 찬양하는 것을 기본으로 하게 되었다. 밝은 얼굴로 미소 지으며 찬양하는 모습은 또 얼마나 아름다운지 모른다.

　이제 나는 바른 음을 내려고 전처럼 애쓰지 않는다. 모두가 함께 틀리면 그것이 맞는(?) 음이라는 나름의 변명도 준비했다.

　하루가 다르게 쑥쑥 자라나며 물결치듯 흔들리는 파란 벼와, 신록으로 옷을 갈아입은 창 밖의 자연 풍경을 바라보며 찬양하는 내 마음에 축복의 잔이 넘친다.

지남 교회의 찬양대 모습

우리 교회 찬양대는 찬양을 악보로 부르지 않고 은혜로
부를 때가 많다.

바다 건너 온 손님

섬에 들어오는 누구라도 바다를 건너지 않고 오는 사람이 있겠는
가만, 지난 주에는 현해탄을 건너 들어온 손님이 있었다.

두 달 전 6월 초, 섬으로 편지 한 통이 배달되었다. 감신대 대학
원을 졸업하고 일본 니시노미야에 있는 관서학원대학 대학원에
서 연구생으로 역사신학을 공부하고 있는 유학생 이정선 씨의 편
지였다. 서울서 감리교 교단지인 《기독교타임즈》 연재된 나의
섬 이야기를 애독했다고 했다. 유학을 가서는 인터넷으로 읽으며
공감 되는 부분이 많아 방학을 이용해 귀국하는 길에 섬을 방문
하고 싶다는 내용이었다.

지난주 7월 하순에 귀국해서 고향 공주에 갔다가 이틀 후 정말

섬으로 들어왔다. 이 메일을 몇 번 주고받았을 뿐이지만 감리교 신학생이어서인지 처음부터 친근감이 들었다.

이박 삼일 함께 하면서 이곳을 다녀간 다른 이들과 다름없이 깊은 대화를 나누고, 우리의 일상을 따라 섬에서 하는 일을 함께 했다. 정글과 같은 풀숲을 헤치고 다니며 낫으로 풀을 쳐 주고, 훈연기로 연기를 피우며 남편의 벌통 작업을 도왔다. 이튿날에는 셋이서 매화나무 200여 주의 키를 2미터 높이로 낮춰 주는 전지 작업을 했다. 여럿이 대화를 나누며 하는 작업은 즐겁고 재미있었다.

신문을 통해 내 글을 모두 읽은 터라 이 섬 동리가 낯설지 않은 듯 했다. 섬 곳곳의 이야기들과 할머니들의 이름도 다 그의 머릿속에 들어 있었다. 나로서는 고마운 일이었지만, 한편 내 글에 대한 철저한 검증(?)을 받는 느낌이 들기도 했다.

시골에서 자란 그는 노동의 가치와 즐거움을 아는 사람이었다. 한나절 땀 흘려 일하고 시장한 끝에 드는 점심식사 또한 우리를 더욱 친하게 만들었다.

내가 글을 통해 소개한 일본 작가 야마오 산세이의 책을 도서관에서 찾아 읽었다며, 산세이가 살았던 야쿠시마 섬에 대해 많은 정보를 가져 왔다. 언젠가 함께 그 섬을 방문하자는 제안에 우리 부부의 마음도 설레었다.

방문한 시기에 마침 안개가 짙어 무인도 죽도를 가보지 못해 무척 아쉬웠다. 그는 방명록에 이런 글을 남겼다.

동소우이도가 아름다운 것은, 그리고 더욱 살기 좋은 곳이 되고 있는 것은 아름다운 꿈과 이상을 갖고 있는 두 분이 계시기 때문입니다. 아름다운 이곳에서 잘 쉬고, 뜻 깊은 시간을 보냈습니다. 두 분과의 만남은 저에게 큰 힘과 위로가 되었습니다….

나중에 보니 방명록 책갈피에 삼천 엔을 놓고 갔다. 일본에 꼭 여행 오라는 무언의 압력이 아닐까?

전송 나온 할머니들은 배에 오르는 그의 손을 잡으며 일본에 가면 독도문제를 잘 해결(?)해 달라는 당부를 하셨다.

섬에서 가장 아름다운 마세 해변

                우리 섬에서 가장 아름다운 마세 해변이다. 바
다의 신비는 태곳적부터 변함이 없다. 그 분의 사랑처럼….

미역 말리기

미역 철이다. 아니 철이 좀 지났다. 미역은 갯가에 들어가 낫으로 베는 작업이라 맨다고 하고, 맨 것을 말리기 위해 바닥에 펴는 일은 넌다고 한다.

아홉 세대인 이 섬은 미역 철이 되면 기대감과 긴장감으로 술렁인다. 그도 그럴 것이 미역은 우리 섬에서 공동 작업으로 하는 제일 큰 수입원이고, 잘 하면 한 번에 일 년 생활비가 나올 수 있기 때문이다. 집집이 이때를 맞춰 뭍의 자녀들이 휴가 겸 섬으로 들어온다.

미역이 자라는 걸 살펴보며 물이 가장 많이 빠지는 보름이나 그믐사리 때 갯바위 바닥에 붙은 걸 맨다. 올해는 지난 주말인 8월

1-3일이 적기였다. 그런데 지난 한 주 내 너울성 파도가 일었고 안개가 깊어 미역 작업을 할 수 없었다. 파도가 치는 날 갯바위 작업은 몹시 위험하다. 할머니들은 다 자란 미역 잎이 파도에 쓸려 나간다고 조바심을 쳤다. 올해는 미역을 못 할 지도 모른다는 걱정이 한숨처럼 팽배했다.

미역은 보통 저녁 간조 시간에 맞춰 매 가지고 와 밤늦게까지 저울에 달아 나눈다. 자루에 담은 미역을 밤새 축축한 곳에 두었다가 이튿날 새벽부터 널기 시작한다. 올해는 저녁 시간에 안개가 깊어 미역이 자라는 갯바위에 뗏마(경운기 엔진을 붙여 동네에서 쓰는 배)를 댈 수 없어 아침 간조 시간에 맞춰 나갔다.

새벽 기도에 다녀오자마자 낫과 자루를 들고 뗏마에 올랐다. 두세 시간 바쁘게 미역을 매서 배 가득히 채웠다. 뗏마 주인에게는 두 몫을, 나머지는 각 한 몫씩 정확하게 배분하고 해가 뜨거워지기 전에 널기 시작했다. 해가 뜨거워져 미역이 익기 시작하면서 끈적거려 널 수가 없기 때문이다.

이렇게 물때가 맞는 사리 날, 파도와 안개가 없어야 하고, 또 이튿날은 하루 햇볕에 바짝 말려야 상품(上品) 미역이 되는 것이다. 매해 느끼는 것이지만 매고, 말리는 두 마리 토끼를 한꺼번에 잡기가 쉽지 않다.

미역을 맬 때는 각 집에서 한 명씩 차출돼 나가지만, 널 때는 식구가 많을수록 좋다. 선착장으로 가는 넓은 콘크리트길에 새우잡이 어망을 깔고 자를 대고 일정한 크기로 넌다. 문 할머니네는 세 딸네가 들어와서 사위 손주들까지 합하면 열 식구가 넘는다. 윤 할머니네 집도 마찬가지다.

우리 집은 남편과 나 둘뿐이다. 미역을 산더미같이 쌓아 놓고 땡볕 아래 비지땀을 흘리고 있는데 파도를 가르는 모터보트 소리가 요란하게 들린다. 남편과 호형호제하는 진리에 사는 부배 씨가 자기 집 민박 손님을 데리고 온 것이다.

광양에서 피서 온 이 부부는 미역 널기 체험을 하러 왔다면서, 아주 즐겁게 우리와 합류했다. 덕분에 일이 일찍 끝나 점심을 함께 들고, 선물로 받은 미역을 챙기며 무척 좋아했다. 우리는 서로 횡재했다고 입을 모았다.

할머니 미역 작업을 도와 주는 손자들
미역 철이면 집집마다 뭍의 자녀들이 들
어와 일손을 돕는다.

안개의 섬

매년 여름, 휴가철이 시작되면 목포에서 우이도를 운행하는 객선의 배 시간이 바뀐다. 올해는 지난 7월 25일부터 바뀐 시간이 적용됐다.

평소 우리 섬에는 간간이 들어오는 낚시꾼 외에 관광객은 거의 없다. 주로 우이도 본도, 돈목에 있는 모래 언덕을 구경하러 오는 사람들을 기존의 하루 한 차례에서 두 차례씩 나르기 위한 배려이다. 그러나 섬 주민들에게는 이 기간이 무척 불편하다.

평상시에는 이른 아침 도초에서 출발해 우이도와 주변 섬들을 거쳐 목포로 나가던 배가 지금은 아예 목포에서 밤을 보내고 새벽 일찍 첫 관광객을 싣고 우이도로 출발한다. 그래서 우리가 사는 섬에는 열한 시가 다 되어야 도착한다.

우리 부부도 개인적으로 불편함을 겪는다. 평상시 여덟 시에 도착하는 배를 타고 주일이면 교회에 가는데 무리가 없었다. 그런데 여름 피서 기간 3주 동안은 시간이 맞지 않아 아예 주일 오전, 배를 이용할 수 없게 되었기 때문이다.

지난 6월부터 섬에는 안개가 무척 깊었다. 이럴 때 섬사람들은 "운해가 짚(깊)이 꼈다"고 말한다. 새벽 기도 가는 시간에 현관문을 나서면 천지가 안개로 자욱해 바다와 하늘을 분간할 수가 없다. 늘 다니는 길이라서 그나마 희미한 가로등 불빛에 의지해 십자가를 보며 교회 방향으로 걸어가는 일이 이제는 익숙해졌다. 지금 이 글을 쓰는 정오가 가까운 시간에도 안개가 걷힐 줄 모른다.

바다에서는 태풍이나 바람으로 '바닥이 쎌 때'(풍랑이 심할 때) 주의보가 내리고 배 운항이 중단되지만, 그 보다 더 무서운 것은 바다안개다. 물론 큰 배들은, 차에 부착하는 네비게이터와 같은 역할을 하는 위성항법 장치 GPS와 레이더를 장착하고 있어 별 어려움 없이 운항한다. 그러나 짙은 안개로 한 치 앞도 보이지 않는 바다에서 안개는 사고의 또 다른 변수가 될 수 있다.

이런 이유로 안개가 짙은 날은 주의보가 내리지 않아도 종종 섬사랑 호가 결항한다. 그래도 선장이 위험을 무릅쓰고 배를 몰고 오면 주민들은 선착장에 나가 손전등을 흔들어 선착장 위치를 알려 준다. 안개에 가려진 배는 코앞에 오기까지도 모습을 나타내지 않는다. 그러다가 마치 거대한 괴물처럼 안개를 뚫고 불쑥 솟아올라 선착장에 배를 댄다. 선장의 노련한 운항 솜씨에 선착장에 있던 사람들은 감탄을 아끼지 않는다.

지난 일요일 아침, 주일 예배를 드리러 나가는데 피서철 운항 시간 변경으로 섬사랑 호를 이용할 수 없었다. 10킬로미터 쯤 되는 바닷길을 우리 선외기 보트를 타고 가기로 했다. 레이더도 GPS도 없이 나침반만 있는 배였다. 안전을 하나님께 부탁하고 배에 올랐다. 남편은 나침반을 도초 방향인 25도로 고정시켜 놓고 운전대를 잡았다.

안개 짙은 바다에서 배를 타고 달리는 마음은 100퍼센트 하나님을 의지하는 마음일 수밖에 없다. 그리고 예배를 드리러 가다 죽어도 감사하다는 마음에 다름 아니다.

안개 낀 날 아침 선착장

　　　　　　　안개 낀 선착장 풍경, 6월이 되면서부터 섬에는 운해(안
개)가 깊이 끼는 날이 많아진다. 이런 날은 천지와 바다가 온통 하나다. 다른 행성에 와
있는 것 같다.

우이도의 아름다움

지난 주, 우리 부부가 30년 가까이 신앙생활을 한 서울 세검정교회에서 교우 일곱 분이 다녀갔다.

남편은 며칠 전부터 선외기 보트를 집 앞에 대 놓았다. 손님이 오기로 한 날 오전에 낚시를 해 잡은 생선으로 저녁에 회와 매운탕을 대접하기 위해서다. 배의 속도를 떨어뜨리는 선체 밑바닥에 붙은 파래도 제거해 놓았다. 나도 손님들이 묵을 학교 거실을 정돈하고, 우리 부부 포함해 열 명 가까운 인원이 먹을 밑반찬을 준비하느라 며칠 동안 분주했다.

그동안 교우들이 두셋씩 다녀간 적은 있지만 이렇게 여럿이 오는 일은 드문 일이었다. 들어왔다 나가는 날까지 좋은 날씨를 위해 기도했다. 그동안 오겠다고 한 사람 중에는 바다에 주의보가 내려 도중 하차한 사람이 적지 않았기 때문이다.

당일에도 통화를 몇 차례나 주고받은 후, 드디어 목포에서 무사히 객선 섬사랑 호를 탔다는 설레는 음성을 전화로 들을 수 있었다. 긴 시간 배를 타고 외딴 섬 선착장에서 만나는 기분은 각별했다. 친정 식구들을 만난 것 같았다.

2박 3일을 새벽 기도로부터 시작해 늦은 저녁 시간까지 함께 했다. 한 달 쯤 함께 지낸 것 같은 정겨움이 넘쳤다. 마침 간만의 차가 적은 '조금' 때여서 바닷물은 맑은 쪽빛이고 파도는 유리처럼 잔잔했다. 이튿날은 남편이 운전하는 보트를 타고 모래 언덕으로 유명한 우이도 돈목 해변으로 향했다. 모래 언덕 너머의 '띠밭너머' 해변까지 4킬로미터 가까운 모래사장을 맨발로 걸었다. 사람 하나 보이지 않는 해변이 전부 우리들 차지였다.

마지막 저녁은 마당에서 삼겹살 바비큐 파티를 했다. 별이 뜨기 시작하자 선착장의 가로등을 끄고 삼각대에 받쳐 놓은 망원경으로 별 공부를 시작했다. 하늘에는 일등성으로 빛나는 견우와 여름밤의 여왕 직녀별이 빛나고 있었다. 그리고 그 사이를 백조가 나르고 있었다. 그 날 새벽 기도에 가는 신새벽, 바로 머리 위에서 나비가 되어 나르는 오리온 좌를 선명하게 보았던 터였다.

별빛 아래서 파도 소리만 들리는 밤, 누군가 부르기 시작한 찬양이 합창이 되어 바람 날개를 타고 하늘로 올라갔다.

　다음 날 아침, 선착장에서의 작별 역시 특별한 운치를 자아냈다. 떠나는 이와 보내는 이의 안타깝고 아쉬운 눈빛이 오갔다. 권사님 한 분이 며칠간의 소회를 방명록에 적어 놓았다.

> 그저 바람 따라 물 따라 마음 가는 대로 온 것 같은, 이곳에서의 아름다운 몇 날은 성령의 온전한 인도하심이었습니다. 쉼과 회복이 있는 정말 귀한 시간들이었지요.
>
> 이곳에 두 분이 나무처럼 서 계시기만 해도 우리네 마음에 사랑이 빚어집니다. 자애로운 아버지 하나님의 온유하신 역사임을 절감하며 돌아갑니다. 늘 기뻐하며 살겠습니다. 샬롬!

　우이도의 아름다움은 영혼을 풍성케 하는 자연의 아름다움이다. 자연의 아름다움은 그것을 지으신 하나님의 아름다운 얼굴이다.

세검정 교인들과 돈목에서

　　　　　　　친정 식구 같은 세검정 교인들이 섬을 찾았다. 우이도
에서 가장 아름다운 '돈목해변'은 한 여름인데도 방문객이 없어 우리들뿐이었다.

이바지

'이바지'란 갓 결혼한 신랑 신부가 신혼여행을 다녀온 후 친가에 올 때 가져오는 처갓집에서 정성들여 만든 음식을 말한다. 지금은 이런 전통이 많이 사라졌다.

우리 섬에서는 주민들이 뭍에 나갔다 들어올 때, 이웃을 위해 사가지고 들어오는 음식을 이바지라고 한다. 처음 이런 전통(?)을 모른 나는, 인사로 사 가지고 온 음식을 돌릴 때마다 '아이고 무슨 이바지를 이렇게 걸게 가지고 왔느냐' 는 말을 듣고 어리둥절했다.

지금처럼 뱃길이 발달되지 않은 몇십 년 전까지만 해도 섬에서 한 번씩 배를 타고 뭍으로 나갔다가 들어오는 일이 더 없이 큰 행사였다. 무사히 돌아온 기념(?)으로 이웃에게 감사의 표시로 돌리던 것이 이제는 아예 불문율 같이 되었다.

누군가 뭍에서 들어온다는 소식이 전해지면 배 시간에 맞춰 주민들 모두 선착장으로 나간다. 무사귀환(?)을 축하하고, 함께 집으로 들어가서 뭍에 나간 얘기도 듣고, 이바지로 사온 음식을 나눠 먹는 것이 환영 인사다. 이 자리에 빠진 사람에게는 반드시 이바지를 갖다 주는데 혹시나 빠뜨리면 서운해 해서다.

이바지의 종류에는 대중이 없다. 사탕이나 과자 몇 개로 시작해서 제철에 나오는 과일 한두 개, 음료수 캔 하나 등, 긴 시간 배를 타고 온 것이기에 귀하지 않은 것이 없다. 요즘 같은 여름철에는 이바지로 수박이 제일 인기이다. 이런 덩치 큰 과일은 모여서 나눠 먹는 것으로 끝낸다.

구멍가게 하나 없는 섬에는 거의 모든 것을 밭농사를 통해서 자급하고 또 집에서 만들어 먹는다. 커피, 설탕, 라면, 조미료 외에는 사 먹는 것이 거의 없다. 도시에서 살면서 마트에서 사다 먹을 줄만 알았던 나는 이바지를 통해서 섬 생활 초기의 심리적인 허기를 많이 달랬다.

요즘도 마음속에 뭔가 먹고 싶다는 생각이 들면 영락없이 누군가 '권사님!' 하며 봉지에 이바지를 담아온다. 그럴 때 나는 '참 하나님은 별 걸 다 들어 주시네' 하고 감사 기도를 한다.

엊그제, 갑자기 떡이 먹고 싶어졌다. 마침 찹쌀 얻어놓은 것이 있지만 한 번도 집에서 떡을 만들어 보지 않은 나에게는 그야말로 '그림의 떡'이었다. 이 섬에서 60년 넘게 산, 선착장 앞에 사시는 문 할머니와 합작으로 떡을 해 먹기로 했다. 나는 찹쌀을 내고 할머니는 고물로 팥을 냈다.

하룻밤 불린 찹쌀을 들고 아침 일찍 내려갔다. 마당에 있는 아궁이에 불을 피워 찹쌀을 쪄서 돌절구에 찧는다. 방바닥에 비닐을 씌운 송판을 깔고, 쪄낸 찹쌀을 펴서 칼로 썰고 손으로 주물러 떡 모양을 만들어 고물에 굴리니 근사한 팥고물 찹쌀떡이 되었다. 따뜻하고 말랑 말랑할 때 손으로 집어먹으니 파는 떡에 비교가 되지 않게 맛있었다.

결핍은 은밀한 축복이라 했던가. 먹고 싶은 마음을 따라, 손수 만들어 내는 음식은 전에 알지 못 했던 음식에 대한 진정한 맛과 감사를 느끼게 했다.

마당에서 함께 방아를 찧고 있는 남편과 문 할머니

찹쌀떡을 해 먹자고 의기
투합한 문 할머니와 남편이 문 할머니 마당에서 절구질을 하고 있다. 하늘은 파랗고 햇
살은 더없이 따스했다.

나무는 자란다

처음 섬에 들어왔을 때 섬의 인구는 우리 부부를 포함해 열네 명이었다. 그런데 5년 동안 할머니 두 분과 할아버지 한 분이 돌아가셨다. 또 오랫동안 병치레를 하던 최 할머니는 여름 미역 철에 아들과 함께 들어와 미역작업을 마치고 다시 뭍으로 나갔다.

　제일 고령인 89세의 김 영감님도 몇 달 전부터 목포 병원에 입원하고 있으면서 부인인 송 할머니가 장례 준비를 한다고 들락날락 했는데, 용케 회복되어 엊그제 다시 섬으로 들어오셨다. 그래서 지금은 열 명이 섬을 지키고 있다. 86세가 된 선착장 앞 문 할머니도 하루가 멀다 하고 도초 병원에 다닌다. 섬에서는 내가 제일 젊은 나이다.

친구들이나 친지들과 이런 얘기를 하다보면, 불과 일이 십 년 후에 이 섬이 무인도가 될 것을 염려하는 말을 심심찮게 듣는다. 나이순으로만 친다면, 지금부터 20년이 지나기 전에 이 섬에는 우리 부부와, 나와 몇 달 상관인 옆집 만희 씨 외에는 아무도 남아 있지 않게 될지 모른다.

지난 수년 동안 이 섬에 우리처럼 뭍에서 이주해 온 사람이 하나도 없는 걸 보아 인구가 불어나기를 기대하기도 어렵다. 이렇게 아름다운 섬에 사람이 점점 줄어들어 결국은 무인도로 남게 될 것이 안타깝다.

섬에 들어와 우리 부부가 주력한 것은 나무심기였다. 사람들이 붙여먹다 버리고 간 묵은 밭은 십 여 년 동안 갈대와 쑥과 칡넝쿨로 뒤엉켜 있어서 보기에도 겁나는 정글이 되어가고 있었다. 이 밭을 구입해 나무를 심기 시작한 지 6년이 지났다.

처음 젓가락만한 편백나무 묘목 700주를 마세 밭에 심은 게 못자리가 되었다. 1년 후, 풀숲을 헤치고 밭 이곳저곳에 옮겨심기 시작한 사철나무 편백은 2-3미터가 넘게 자라서 푸름을 더 해갔다. 역시 묘목으로 들여온 메타세쿼이아도 해변가 산자락에서 해마다 키를 높이고 있다. 편백이나 메타세쿼이아 모두 성목이 되면 40미터 이상 자라는 나무다.

후박과 비파나무도 잘 자라 주었다. 후박은 4미터 이상의 청년으로 자랐고, 비파 역시 작년부터 열매를 달고 있다.

  사람은 나이 들어 죽으면 흙으로 돌아가고, 나무도 자라면서 기름진 땅과 숲을 만든다. 이 섬에서 노인들이 다 가 버리고 또 언젠가 나와 남편도 떠날 것이다. 결국 섬은 무인도가 되고, 우리가 심은 나무가 우리를 대신해 섬의 주인이 될 것이다. 짙푸른 숲으로 덮일 무인도를 생각하면 내년이 기다려진다. 비록 육신은 세월만큼 늙고, 결국에는 사라질지라도….

처음 달린 비파 열매

처음 달린 비파 열매 앞에서. 섬에 들어오기 전까지 듣도 보도
못 했던 비파 나무가 심은 지 3년만에 열매를 달았다. 얼마나 신나던지!

나는 무인도

사람들은 나를 무인도라 부릅니다. 사람이 살지 않는 섬이라는 뜻이지요. 우리나라 지도를 살펴보면 서해 남쪽으로 점점이 무수한 섬들이 자리하고 있는 걸 볼 수 있지요. 마치 갯가 바위에 붙어 있는 굴 껍질 같아요.

전국 227개 시, 군, 구 행정자치단체 중, 이렇게 넓은 바다 면적과 많은 섬들로 이루어진 행정단체는 신안군밖에 없습니다. 이곳에 흩어져 있는 섬은 모두 1,000여 개인데, 이 중 사람이 사는 섬은 70여 개 정도밖에 없다고 합니다. 이 섬 가운데 앞으로 무인도가 될 가능성이 있는 섬들도 있어 안타깝습니다.

무인도와 사람이 살 수 있는 섬의 기준은 우선 먹을 수 있는 물이 있느냐 없느냐로 판가름 납니다. 물이 없으면 생명체가 존재할 수 없다는 뜻이지요. 신안군에 있는 무인도 중 하나인 나를 사람들은 죽도, 혹은 대섬이라는 이름으로 부릅니다. 그렇다고 내가 처음부터 무인도였던 건 아닙니다.

지금부터 30여 년 전까지만 해도 우리 섬에는 무려 100여 명의 주민이 살고 있었답니다. 집도 여러 채 있었고 할아버지와 할머니, 아버지와 어머니, 그리고 학교 다니는 아이들과 젖먹이 어린아이가 있는, 사람 사는 여느 곳과 똑같은 곳이었지요.

새벽이면 '꼬끼오' 하는 수탉의 우렁찬 울음소리가 사람들을 깨우고, 부지런한 엄마는 일찍 일어나 아궁이에 불을 지피고 무쇠솥에 물을 끓여 쌀을 안칩니다. 굴뚝에서 모락모락 연기가 피어오르며 집집마다 밥 짓는 구수한 냄새가 섬 전체로 퍼져 나가기 시작합니다. 아이들은 더 자고 싶어 이불을 뒤집어쓰고 투정을 부리면서 억지로 일어나 학교에 갈 채비를 합니다.

이 섬에 학교도 있었냐고요? 물론이지요. 마을이 자리한 섬 제일 높은 평지에 교실 한 칸과 작은 운동장, 그리고 선생님이 사는 관사가 있었습니다. 선생님은 딱 한 분이지만 관사에서는 선생님의 부인과 두 아들이 함께 살았습니다. 섬에 있는 학교는 교실이 하급반 두 반으로만 나뉘어 있었는데, 오전에는 4학년 이상의 형 누나들이 공부하고, 점심 먹고 난 오후에는 1,2,3학년 동생들이 함께 공부를 했습니다.

　섬에서 아버지들은 고깃배를 타고 거친 바다에서 고기를 잡아 뭍에 내다 팔아 쌀과 필요한 생필품을 사옵니다. 엄마들은 섬 곳곳에 밭을 일궈 고구마, 감자, 옥수수, 콩을 갈아 부식을 하고, 또 갯가에서 철 따라 미역, 파래, 톳과, 갯가 바위에 붙어 있는 굴, 거북손, 배말과 꿀통, 군봇 등 갯가 생물을 따서 사철 반찬거리를 만듭니다.

　그런데 여기서 초등학교를 졸업한 아이들은 중등학교가 있는 더 큰 섬이나 뭍으로 나가야만 했습니다. 뭍에 나가 자리를 잡으면 동생들도 데리고 와야 했지요. 아버지들은 더 열심히 고기를 잡고, 엄마들은 밭일을 더 열심히 해서 힘껏 뒷바라지를 했지만, 힘에 부치는 일이었습니다. 그래서 이웃들이 하나 둘씩 아이들 교육을 위해 뭍으로 나가기 시작했어요. 어느덧 우리 섬에는 열 가구밖에 남지 않았습니다. 사람들은 많이 줄어들었지만, 그래도 엄마 아버지들은 할머니와 할아버지를 모시고 재미있고 평화롭게 살고 있었지요.

그런데 어느 날, 이 섬에 큰 일이 생겼습니다. 나라에서 외딴 먼 섬에는 전기와 드나드는 배편을 공급하기 힘들다면서 섬 주민들을 다른 곳으로 쫓아낸다는 것이었어요. 이 섬을 무인도로 만든다는 것이었지요. 처음에 섬 주민들은 모두 반대했어요. 우리는 여기를 절대 떠나지 않겠노라고, 섬에 그냥 살게 해 달라고 소리를 높여 외쳤습니다.

그런데, 놀랍게도 몇 달이 못 되어 집을 버리고 떠나는 사람들이 생겼습니다. 왜냐하면 나라에서 이사를 가는 사람들에게 보상을 해 준다면서 큰 돈을 주기로 했기 때문이에요. 사람들은 돈에 눈이 어두워져 하나 둘 조상 때부터 살던 고향 섬을 떠나기 시작했습니다. 나라에서는 떠난 사람들이 다시 돌아오지 못 하게 살던 집을 다 불태워 버렸답니다. 사람들은 마지막으로 조상 묘에 가서 눈물을 흘리며 성묘를 한 후, 배에 이삿짐을 싣고 떠났습니다.

다만, 이 섬에서 7대 째 살던 김 할아버지와 할머니 내외는 정말 떠날 생각이 없었지요. 죽기 전에는 떠나지 않으리라 결심했습니다. 살던 집이 불태워지자 짐을 싸서 유일하게 남아 있는 학교로 거처를 옮겼습니다. 그리고 거기서 전기도 전화도 없이 1년을 살며 버텼습니다. 그러다가 평소 해수병이 있던 할아버지의 병이 도지셨어요. 다른 섬에 살던 아들이 큰 고깃배를 가지고 와서 할머니 할아버지와 짐까지 몽땅 싣고 뭍에 있는 병원으로 모셔 갔습니다. 그 후 섬은 완전히 무인도가 돼 버렸습니다.

그 후, 해마다 봄이면 고사리와 두릅이 나고, 여름에는 달디 단장 딸기가 지천으로 열려 흐드러졌지만 아무도 따 먹을 사람이 없었습니다. 가을에 부는 소슬바람에 땀을 식힐 사람도 없고, 겨울에 내려 쌓인 눈길에 발자국을 낼 사람도 없었지요. 섬에서 늘 울던 휘파람새만이 날아다니며 청량한 울음소리로 섬의 고요함을 깨뜨릴 뿐이었습니다.

그런데 어느 해 봄, 이 섬에 새로운 사건이 생겼습니다. 건너편 섬에 사는 할아버지 부부가 사슴 가족 일곱 마리를 데리고 섬에 들어온 것입니다. 그 후, 사슴뿐 아니라 꿩과 공작, 아프리카 호로새 여러 마리도 이 섬의 식구가 되었습니다. 동물원에 살던 가족들은 처음에는 어리둥절했지만, 곧 별천지인 섬을 좋아하게 되었지요. 미처 몰랐던 고향에 온 것 같기도 했습니다. 사슴과 꿩과 공작은 아무도 없는 섬에서 마음껏 돌아다니며 보금자리를 만들고 새끼를 낳아 길렀습니다. 다행히도 할아버지 부부가 가끔씩 그들을 만나러 와 주었습니다. 와서는 아주 흐뭇하고 따뜻한 눈길로 그들을 찾아보고 또 섬 전체를 한 바퀴 돌아보고 가십니다. 이제 이 섬에는 비록 사람은 살지 않지만 사슴이 가족을 거느리고 돌아다니며, 꿩이 푸드덕 거리며 나무 사이를 날고, 짝을 부르는 공작의 울음소리가 들리는 외롭지 않은 섬이 되었답니다.

　할아버지 할머니는 또 꿈을 꿉니다. 앵무새 여러 쌍을 섬에 풀어 놓아 알록달록, 예쁜 색깔의 섬으로 만든다는 꿈입니다. 그러면 사람들이 이 아름다운 섬을 보러 다시 오지 않을까요? 그런데 이건 무인도인 내가 꾸는 꿈이랍니다.

울며
씨를 뿌려야
하는 이유

송편 이야기

우리 민족의 가장 큰 명절인 추석이다. 추석이 가까워지면 생각
나는 에피소드가 있다. 서울서 살 때는 추석 음식으로 다른 것은
몰라도 토란국과 송편은 빼놓지 않고 상에 올리곤 했다.

이걸 먹어야 명절 쇠는 기분이 들었다. 그런데 섬에 들어와 보
니, 이곳은 특별히 추석 때 먹는 명절음식이란 게 따로 없었다.
할머니들은 토란국도 모르고 송편도 빚지 않았다.

섬에 들어와 초기에 추석을 지내면서 토란 생각이 간절했던 우
리는 들어온 이듬 해, 서울 동대문 시장에서 토란 종자를 사다가
텃밭에 심었다. 첫해는 아이 엄지 만하게 달린 토란을 추석 며칠
전에 수확해서 추석날 아침 국으로 끓여 먹었다.

그 다음 해부터는 토란 종자를 만들어 두었다가 밭에 몇 고랑을 심었다. 한여름에는 우산을 펴놓은 듯 넙적하고 푸른 토란잎을 보는 것만으로도 시원하다. 이제는 매해, 돌 지난 아기 주먹만 한 토란을 수확해서 먹는 재미가 제법 쏠쏠하다.

문제는 송편이었다. 서울에 살 때에는 추석 즈음 시장에 가면 흔한 게 송편이었다. 부끄럽게도 나는 내 손으로 직접 송편을 만든 적이 없다. 얻어먹고 사먹고 하면서 별로 귀하게 생각하지도 않았다. 어떨 때는 몇 개 집어 먹고 남은 것이 냉장고 안에서 말라 버렸다.

그렇게 추석이면 먹는 시늉만 하던 송편이었다. 그런데 섬에서는 사정이 달라졌다. 추석이 가까이 다가오면서 불현듯 송편 생각이 나기 시작했다. 생각만 해도 입에 침이 고이고, 잠이 안 오는 지경에 이르렀다. 정말 참을 수 없는 가려움이었다. 동네 할머니들은 아무도 송편 빚을 생각을 안 하고, 나도 자신이 없었다.

마침 추석 며칠 전, 서울에서 친하게 지내던 친지 부부로부터 추석 연휴를 이용해 섬에 들어오겠다는 연락이 왔다. 송편을 사 오라고 얘기하고 싶은 마음이 굴뚝같았지만, 먼저 하나님께 부탁 드리기로 마음먹었다.

추석 날, 아침 배로 들어온 그이들의 손에는 신통하게도 송편이 들려 있었다. 그런데 내가 좋아하는 송편이 아니었다. 두꺼운 송편 살 속에 굵은 콩이 들어 있었다. 나는 염치가 없지만 다시 하나님께 부탁드렸다.

"하나님, 이런 송편 말고요, 껍질 얇고, 새파란 모시 잎으로 만든 달고 고소한 전라도 깨 송편 말이에요."

그날 오후, 미국에 사는 남편 친구인 최 선생이 한국에 잠깐 나왔다가 섬에 들리겠다며 갑자기 낮 배로 들어왔다. 저녁상을 물리고 앉아 이런 저런 얘기를 나누고 있는데 "참, 우리 어머니가 친구 갖다 주라고 밤새 송편을 빚어 주셨는데 깜빡했네." 하면서 가방에서 봉지를 꺼낸다.

내가 먹고 싶었던 바로 '그 송편'이었다. 나는 아무 말도 못 한 채, 얼른 봉지를 들고 부엌으로 나왔다. 눈물이 날 것 같았기 때문이다.

섬에서 우리 손으로 수확한 토란

우리 손으로 심어 수확한 토란이 영글게 달렸
다. 추석에 모처럼 쇠고기를 사다 넣고 토란국을 맛있게 끓여 먹었다.

울며 씨를 뿌려야 하는 이유

서울 있을 때, 활발하게 전도 활동을 벌이며 신앙생활을 했던 나는 섬에 들어와 나름 하고 싶은 일이 많았다. 한글을 모르는 할머니들에게 한글을 가르쳐 성경을 쫼쫼 읽게 해 드리고 싶었고, 예배 드리는 것 외에 성숙한 신앙 공동체로 자랄 수 있는 프로그램도 갖고 싶었었다.

　지금 생각하면 내 계획대로 된 게 거의 없음이 부끄럽다. 그러나 시간이 지나면서 주변 섬인 맞은 편 서리와, 우이도 본도의 진리, 돈목에 사는 여러 사람들과 제법 친분을 갖게 되었다. 면사무소가 있는 큰 섬 도초도의 지남 교회로 주일 예배를 드리러 나가면서 더 많은 사람들과 교제하게 되었다. 처음부터 장로와 권사라는 직분으로 교제를 시작하는 우리 부부는 많은 사람들과 진정성 있는 교분을 나누며 주님 축복의 통로가 되려고 애쓰고 있다.

자연과 하나 되는 삶을 살기 위해 섬에 들어 왔지만, 우리가 있는 어느 곳이든 영혼 구원이 우리 삶의 제일가는 목적이 아닐 수 없다. 우리의 날마다의 생활과 새벽에 드리는 기도가 여기에 초점이 맞춰져 있음은 물론이다.

남편과 나의 수첩에 우리 동네뿐 아니라, 주변 섬의 믿지 않는 사람들과 뭍에 사는 그 자녀들의 이름까지 빼곡히 적혀 있는 이유다.

그런데 쉽지 않았다. 우리가 가진 역량과 물질과 수고를 바쳐 예수님을 전하려고 애써도 결실이 없었다. 그동안 전도를 통해 예수님께 구체적으로 인도한 영혼이 없다. 보이는 열매가 없음에 자괴감이 들고 실망도 느끼고 있던 참이었다.

하나님 왜 저희 부부를 이곳에 부르셨습니까? 왜 전도의 결실이 이렇게 없습니까?

웅덩이의 물처럼 마음 한 편에 애통함의 눈물이 계속 고였다. 지난 번 서울 세검정 교인들이 다녀가면서 권사님 한 분이 읽던 책을 놓고 갔다. 책을 읽던 중 이런 구절을 발견했다.

하나님 나라를 위해 뿌려진 어떤 작은 헌신도, 시간도, 하나님은 무시
하지 않으신다. 이 세상 그 어디에서 아무도 알지 못 하는 헌신과 수고
라도 하늘은 명확히 기억하시고 뜨거운 동행을 하시며, 비록 세상에 드
러난 결실이 작아 보이고 초라해 보인다 해도 그렇게 드려진 진실만으
로도 이미 열매로 인정하시고 또 당신의 때에 반드시 결실하신다.

책을 읽으며 내 영혼에 작은 등불이 켜지는 느낌이 들었다. 어
깨에서 무거운 짐이 스르르 내려오는 느낌도 들었다.

아하, 그렇구나. 그래서 주님이 각자에게 주신 동산에서 울며 씨를 뿌
려야 할 이유가 여기에 있구나!

울며 씨를 뿌려야 하는 이유

좀처럼 눈이 내리지 않는 섬에 하얗게 눈이 쌓였다.

그분의 은총처럼….

"당신이 올까봐"

오늘은 새벽 기도에 평소 보다 많은 여섯 명이 참석해 자리가 그득 찬 기분이 들었다. 이 섬에 적만 두고 실제는 목포에서 사는 두 사람이 잠시 들어와 있었기 때문이다.

몸이 좋지 않아 지난 여름 미역을 한 후 뭍으로 나갔던 최 할머니도 자식 집에 있으니 더 힘들다며 며칠 전 들어오셨다. 대신 제일 고령인 김 할아버지가 다시 목포 병원에 입원하러 나가 집이 비어 있다.

남편은 고향을 지키는 사촌형 집에 가서 밤과 감 따는 일을 돕는다고 엊그제 나갔다. 우리가 사는 동네인 큰배미에 다섯 명, 무등골에 여섯 명이 섬을 지키고 있다.

이렇게 사람이 적은 섬에 살면서 외로움을 느끼지 않는다면 거짓말이라고 할 지 모른다. 하지만 섬에 들어온 후 외롭다고 생각해본 적이 한 번도 없었다.

지난 몇 년의 경험으로 보아 도시에서 살다가 나이 들어 시골이든, 이런 오지 섬이든 친지들과 멀리 떨어진 곳에서 사람들이 생각하는 외롭게(?) 살기 위해서는 몇 가지 필요한 게 있음을 느꼈다.

어디서든 삶을 즐길 수 있는 자기만의 정신적 자산(資産)이 있어야 한다. 우리 부부는 자연과 함께 하는 섬에서 우주 만물의 주관자 되신 하나님을 더 강렬하게 만나고 있음이 가장 큰 자산이다. 생각해 보니 외로움을 느끼지 않는 근원적 이유가 된다.

남편은 독서광이라 할 정도로 책을 읽는다. 나 역시 책 읽기를 즐긴다. 새벽 기도 다녀와 성경을 읽고, 객선이 오는 여덟 시에 나가는 사람들을 전송하고 아침 식사를 한다. 나머지 오전 시간은 책을 읽거나 인터넷으로 메일을 보내고 원고를 쓰기도 한다.

점심은 고구마나 감자, 아니면 멸치 국물에 만 국수나, 도초에서 한 번씩 만들어오는 인절미를 구워서 먹는다. 섬에 들어와 식욕을 잃어버린 적은 거의 없다.

점심 후 오후에는 낫을 들고 남편과 마세 매실 밭으로 일하러 간다. 한 주에 한 번씩 남편은 지게를 지고, 나는 배낭을 메고 1

킬로미터 거리의 떨 밭에 있는 리브가 우물로 생수를 길러 간다.

한 달에 한 번은 마세 밭과 떨 밭을 지나 집에서 2킬로미터 떨어진 은산기미에 있는, 4년 전 심은 편백나무와 메타세쿼이아 주위의 칡과 갈대를 쳐 주러 간다.

날마다 영혼과 정신의 강건함과 몸을 건강하게 하는 프로그램을 가동하고 있는 셈이다. 여기에 시도 때도 없이 "장로님 권사님 계시지라?" 하고 찾아오시는 할머니들의 방문은 빼더라도 외로울 새도, 심심할 틈도 없는 섬 생활이다.

섬 초기 시절, 남편이 뭍에 나갔다 들어왔다. 며칠 밤을 혼자 무사히(?) 지낸 나는 남편에게 자랑스럽게 말했다.

"여보, 당신 없어도 나는 하나도 무섭지 않더라."
"그래? 다행이네. 나는 혼자 있을 때 무섭더라구."
"뭐가 무서워?"
"당신이 올까봐…."

이런 남편의 유머 때문에 섬 생활은 더욱이나 심심할 틈이 없다.

관사 통유리 앞, 책상에 앉은 남편

매일 아침 새벽 기도를 다녀 온 후, 남편은
책상 앞에 앉아 통유리 창밖으로 바다를 바라보며 일기를 쓴다. 그의 넓은 등에 기대어
내가 살고 있음이 오늘도 감사하다.

바우옷을 아시나요?

쉴 새 없이 바닷물이 드나드는 갯가에는 의외로 먹을 것이 많다. 갯가 바위에 붙어 자라는 미역, 톳, 굴은 누구나 알고 있지만, 조개류로 맛과 질감이 전복의 사촌격인 삿갓조개(여기서는 '배말'이라고 한다)와 원통형의 집을 짓고 그 안에 순백의 부드러운 살을 감추고 있는 꿀통, 모양이 다른 여러 종류의 소라와 고둥도 다 먹을거리다.

갯바위 틈에 자라는 '보찰'(거북손)이라는 점잖은 이름을 가진 진기한 갑각류도 우리가 즐겨 먹는 갯가 생물이다. 마늘과 된장을 풀고 한소끔 끓이면, 된장과 갯내가 어우러져 국물 맛도 일품이다.

처음 섬에 들어왔을 때, 동네 할머니들이 우리를 손님 대접한다고 본 적도, 먹어보지도 못한 진기한 갯가 음식들을 만들어 갖다 주셨다. 그 중 하나가 바우옷이라고 하는 태어나 처음 먹어 본 묵이었다.

바우옷은 바닷물이 들고 나는 바위에 이끼처럼 붙어사는 홍조류의 해초다. 양지 바른 갯바위가 옷을 입은 것 같이 바위를 덮으면서 자란다. 가까이서 보면 마치 흑인들의 머리카락처럼 짧고 곱슬곱슬하다. 이 바우옷을 평평한 바위에서는 함석을 구부려 만든 '끌캐'라는 기구로 긁어내고, 좁은 바위 사이에는 숟가락을 집어넣어 박박 긁어온다.

물이 들어오기 전, 또 바닷물이 마르기 전에 미끄러운 바위에서 바우옷을 긁기란 쉽지 않다. 하지만 이 일에 익숙한 할머니들은 바닥이 미끄럽지 않는 생고무 신발을 신고, '끌캐'와 끝이 닳아진 놋수저, 그리고 소금 담는 부대만 있으면 준비 끝이다.

몇 시간을 긁어 한 양푼이 될까 말까한 바우옷을 바닷물에 여러 차례 헹군다. 이때 잘 일지 않으면 나중에 묵에서 돌가루가 어적거린다. 보관할 것은 펼쳐서 햇볕에 잘 말리고, 금방 만들어 먹을 것은 물에 담가 불렸다가 센 불에 팍팍 끓인다. 바우옷이 완전히 퍼져 걸쭉하게 될 때까지 푹 고은 다음 양푼에 담아 단단하게 굳히면 완성된 것이다.

    지난 주 추석 연휴에 뭍에서 손님 한 분이 들어왔다. 어린 시절 섬에서 자란 추억을 가진 분이다. 나는 손님들에게 제대로 만든 섬 음식을 대접하지 못하는 것이 늘 안타깝다. 마침 명절 쇠러 오는 자녀들을 위해 만든 바우옷 묵 한 덩이를 이웃집 윤 할머니가 가져오셨다. 마을에서 음식 솜씨가 제일 깔끔한 분이다.

   짙푸른 바다 색깔의 바우옷 묵을 듬성듬성 썰어서 간장 양념에 참기름 한 방울 살짝 떨어뜨려 내 놓았다.

   입에 한 입 넣자 진한 갯내음이 물씬 묻어났다. 남편은 이걸 바다 내음이라고 한다. 섬에서 어린 시절을 보낸 이들은 이 바우옷의 맛을 잊지 못한다. 어느 날, 갯가 바위에 누군가 엎드려 바우옷을 긁고 있다면 명절이 가깝거나 자녀들이 들어온다는 얘기다.

   바우옷 묵을 먹으면서 남편이 말한다.

   " 우리나라 사람 중 몇 명이나 이 바우옷을 먹어볼 수 있을까? 0.1퍼센트도 안 될 거야. 앞으로는 더 더욱 그러할 테고… "
   " 그럼 우리는 아주, 아주 특별한 사람이네… "

잘 마르고 있는 바우옷

　　　　　누군가 갯바위에 엎드려 바우옷을 긁고 있다면, 명절 전이
거나 귀한 손님이 온다는 표시다. 섬의 별미인 바우옷 묵을 만들 바우옷이 볕에 잘 마
르고 있다.

진짜 선물

우리가 출석하는 도초 지남 교회의 최 장로님이 우리 섬으로 낚시를 하러 오시겠다고 벼른 지가 꽤 되었다. 바다낚시 한 번 데리고 가 달라고 조르는 옆집에 사는 문 선생 소원을 들어 주면, 아마 교회에 나올 지도 모르겠다는 은근한 기대감도 내비쳤다. 그리고 지난 주일 예배 후에 드디어 이튿날 들어오겠다는 약속을 하셨다.

남편은 주일 오후 우이도 내항에 묶어 놓은 보트를 가져다 집 앞 선착장에 매 놓고, 낚시에 쓸 먹잇감을 확인하고 낚싯대도 손질해 놓았다. 도초에서 새벽 배로 출발한 장로님 내외와 문 선생이 월요일 아침에 도착했다. 마침 날씨는 쾌청했고 바다는 잔잔했다.

이제 물 때에 맞춰 고기가 드나드는 포인트를 몇 군데 알고 있는 남편은, 그 날 종일 배로 모시고 다니며 바다낚시를 만끽하게 해 드렸다. 세 사람이 잡은 우럭과 장어, 그리고 문어까지, 저녁 식탁이 잔치칫상 같았다.

교회 바로 건너편에 사시는 최 장로님 내외 분은 집 앞 넓은 밭을 가지고 있다. 일손이라고는 단 두 분뿐인데, 논농사를 비롯해 콩, 팥, 녹두, 깨, 고추, 마늘 등의 밭농사와 가을 추수 후에는 이듬해 봄까지 시금치를 재배한다.

71세인 장로님과 72세인 아내 김 집사님은 딸 다섯과 아들 둘을 다 뭍으로 출가시키고 고향을 지키고 있다. 큰아들은 섬에서 힘들게 살지 말고 뭍으로 나오시라고 성화지만, 땅과 함께 사는 게 제일 맘 편하단다. 그래도 힘든 건 힘든 거다. 좀 쉬면서 하지 그러시냐고 하면 좋은 땅이 있는데 어떻게 놀릴 수 있겠는가고 정색을 하신다.

눈앞에 있는 밭일을 보고는 하루도 쉬지 못 하는 김 집사님은 일에 밀려서 하루 쉬려고 우리 섬으로 놀러 오셨단다. 그런데 여기서도 잠시도 가만 계시지 않는다. 남자들이 낚시하는 동안 갯가에서 이틀 동안 굴과 배말, 고동을 땄다.

1박 2일, 다섯 끼 식사를 함께 하면서 우리와 초면인 문 선생과도 많이 친해졌다.

그런데 하룻밤 지내러 오신 분들이 들고 온 선물을 보고 깜짝 놀랐다. 햅쌀 맛 좀 보라며 지난 주에 추수하여 도정한 쌀과 찹쌀 팥, 그리고 양념 거리로 마늘, 고춧가루, 볶은 깨, 심심할 때 쪄 먹으라며 고구마, 감자, 단호박 몇 덩이를 자루에 가득 담아 오셨다. 그리고 집 마당에서 딴 단감까지. 모두 약 하나도 안 친 거라며….

우리는 지난 여름 말린 미역과 남편이 얼마 전 고향에서 따 온 밤을 조금 드릴 수 있어 그나마 다행이었다. 뭍에서 돈 주고 사서 하는 그런 선물이 아닌, 손수 땀 흘려 수고해 거둔 열매를 선물로 주고받으니 마음에 따스한 가을 햇살이 가득 퍼진다.

손님을 위해 선착장에 갖다 놓은 우리 '에녹호'

내일 낚시하러 오는 손님을
위해 우리 배 '에녹호'를 선착장에 가져다 놓았다. 남편이 물 때를 맞춰 여기저기 모시
고 다니지만, 정작 남편은 낚시를 즐기지 못 한다.

꽃으로 짓는 집

섬에도 가을이 깊어 가고 있다. 바다를 배경으로 바람에 날리며 손짓하는 갈대가 가을 정취를 물씬 자아낸다.

한 여름의 산은 섬 특유의 억센 갈대와 칡넝쿨, 잡풀로 발을 들여 놓기조차 힘들다. 몇 년 동안 나무를 심으면서, 섬을 돌아다니는 염소가 너른 공터를 좋아하고, 그 곳에 심은 어린 나무 줄기를 골라 벗겨 먹는다는 걸 알고 난 후, 우리는 나무 심을 밭에 공터를 만들지 않기로 했다.

잡풀이 우거진 산밭에 지름 1미터 정도의 나무 심을 자리를 낫으로 정리하고, 구덩이를 파서 잡풀 더미 속에 나무를 심는 작전을 쓰고 있다. 이렇게 해서 칡과 갈대가 우거진 산에 염소가 들어올 엄두를 못 내는 이점이 있지만, 나무가 웃자라 주변의 영향을 받지 않을 때까지 어린아이 돌보듯 해야 한다.

마치 고가도로처럼 땅 바닥을 가로세로 왕성하게 뻗어가면서 사정없이 어린 나무를 휘감아 버리는 칡은 큰 나무가 없는 야산에서는 가히 제왕이라 아니할 수 없다. 작년 봄에 옮겨 심은 메타세쿼이아의 가는 줄기가 칡이란 놈에 칭칭 감겨 숨을 못 쉰다. 그때 그때 넝쿨을 쳐 주지 않으면 숨이 막혀 죽고 말 것이다.

한 번은 우리 마당에 있는 어린 나무의 숨통을 조르고 있는 칡 넝쿨을 끊어버린다고 내가 낫을 들었는데 얼마나 역동적으로 휘둘렀는지 그 위에 걸린 빨랫줄이 끊어졌다. 그 날 빨랫줄에는 모처럼 햇볕을 쪼이려는 이불이 잔뜩 널려 있었다.

여름 동안 간헐적으로 밭에 들어가 나무를 돌보며, 갈대와 칡을 쳐 주던 남편이 지난 주, 드디어 예초기를 메고 나섰다. 오랜만에 산에 오른 나는 놀라지 않을 수 없었다. 그 동안 다니던 오솔길은 흔적도 없이 사라졌고, 사람 키가 넘는 잡초로 밀림이 되어 있었다.

길이 만들어지자 비로소 주위를 돌아봤다. 가을 산의 야생화는 보라색이 많다. 산밭 곳곳에 여러 종류의 개미취와 쑥부쟁이꽃이 바람에 흔들리고 있었다. 하늘색의 동그란 두 얼굴을 가진 작은 꽃 달개비도 보인다.

이맘 때 섬 산에 피는 꽃의 백미는 단연, '층꽃 풀'이다. 이 풀은 작은 보라색 꽃들을 둥글게 말아 층층으로 올려 5층 집을 짓는다. 그래서 층층이꽃이라고도 부른다.

사람들만 화려한 집을 짓고 사는 게 아닌가 보다. 그 숨막힐 듯 현란하면서도 빈틈없이 정돈된 모습을 무엇에 비유할까? 말로만 들던 베르사유 궁이 이 보다 아름다울까?

층층이꽃

가을 산의 야생화 중 백미는 단연 진보라색의 층층이꽃이다. 현란하면서도
빈틈없이 정돈된 모습에 숨이 막힌다.

꽃 섬

지난 주 도초 교회에서 낚시 손님들이 다녀간 후, 남편은 선외기 보트를 우이도 내항으로 가져다 놓기 전에 무인도인 '꽃 섬'에 다녀오자고 했다.

꽃 섬은 우리 섬에서 한 눈에 보이는, 바다 건너 서리와 나란히 붙어있는 섬이다. 우리 선외기로 가면 2분도 안 걸리는 거리다. 서리와 함께 앞 바다를 막고 있어 우리 섬을 태풍이나 높은 파도로부터 막아주는 역할을 한다. 앞바다를 마당으로 쓰고 있는 우리로서는 더욱이나 고맙지 않을 수 없다. 서리와 꽃 섬 덕분에 우리 집 앞 바다는 늘 호수 같이 잔잔하다.

꽃 섬은 갯가 경사가 완만해 접안하기 어렵지 않았다. 샘이 없어 원래부터 사람은 살 수 없었고 지금은 염소들이 섬의 주인이다. 누군가 섬에 풀어 준 토끼가 늘어나 사람들이 토끼를 잡으러 오기도 했다고 하나 지금은 토끼는 없고 파 놓은 굴만 여기저기 남아 있다.

꽃 섬은 밖에서 볼 때보다 숲이 울창했다. 섬 전체에 잎이 새파랗게 윤이 나는 동백나무가 큰 숲을 이루고 있어서 하늘이 안 보일 정도다. 남편이 동백열매를 까서 먹어 보라고 준다. 약간 떫긴 해도 폭신한 밤 맛이다. 옛 사람들은 이 열매로 기름을 짜서 머리에 발랐다지? 정말 손에 기름이 묻어난다.

상수리나무가 또 다른 숲을 이루고 있다. 상수리나무가 조금씩 모양이 다른 열매를 달고 있다. 그 중에는 사철큰키나무인 가시나무도 눈에 띈다. 팽이 모양의 예쁜 도토리 열매가 달려 있다. 도토리묵을 좋아하는 나는 시장에 갈 때마다 고민을 했다. 국산이 없기 때문이다. 이 산에는 도토리가 이렇게 지천인데 말이다.

숲에서 나와 섬 오른 쪽 해안 절벽가로 올라가는데, 우이도 산에 많다는 뽕나무과의 꾸지뽕(여기서는 후지뽕)나무가 보인다. 이 열매를 설탕과 섞어 엑기스로 만들면 한여름에 좋은 음료수가 된다. 항암작용을 한다는 얘기가 있어 아주 귀하게 팔리는 열매다. 산모의 젖꼭지 같은 모양의 굵은 돌기가 나 있는 붉은색 열매다. 아작아작 씹히는 맛이 달착지근하다.

산초나무도 있었다. 남편은 바로 이 산초나무를 보러 왔다. 추어탕에 향신료로 넣어 먹는 독특한 냄새의 열매다. 반 쯤 벌어진 빨간 껍질 속에 까만 씨가 잔뜩 들어있다.

조금 있으면 땅에 그대로 다 떨어질 뻔 했다며 남편은 가슴을 쓸어내린다. 우리는 가시에 찔려 가며 산초 열매를 잔뜩 담았다. 손에 묻은 진한 산초 냄새가 코를 찌른다. 햇볕에 말려 까만 씨를 가루로 만들면 좋은 향신료가 된다. 남편은 후추 대신 산초 가루 사용하기를 더 좋아한다.

산초 열매가 가득한 봉지를 들여다보며 남편은 상기된 표정이다.

" 여보 이 섬을 우리가 사면 어떨까? 우리 섬에서 가까워 언제든 쉽게 올 수도 있고, 좋잖아? "

"산다고 달라질 게 있어? 우리 마음대로 이렇게 돌아다니면 우리 섬이나 마찬가지 아니야? "

"하긴 그렇네…. "

우리가 다녀 온 꽃 섬

우리 섬 앞 바다를 가로질러 누워있는 무인도 '꽃 섬'에 산초를
따러 갔다. 샘이 없는 덕에 물 없이도 살 수 있는 방목 염소 천국이 되었다.

섬 사랑 학교로의 초대

1999년부터 사회 복지기관인 월드비전 광주의 복지관장으로 근무하던 남편이 섬 꿈을 가지고, 신안 교육청으로부터 폐교가 된 도초 서초등학교의 동소 우이도와 무인도인 죽도의 분교를 같이 매입한 게 2001년 8월이다.

2년 후 우리 부부는 도시생활을 완전히 접고 섬으로 이주했다. 그리고 죽도와 황폐화 된 동리 섬의 야생 생태계 회복을 위한 공간으로 이 폐교를 사용하기로 하고 학교건물을 '섬 사랑 학교'라 이름 지었다.

은퇴해서 뭍에서의 직함이 사라진 남편은 섬 사랑 학교의 교장이 되었고, 나는 자동으로 교감이 되었다. 그런데 정작 있어야 할 학생이 없다.

　우리가 갖고 있는 꿈과 관심을 이곳에서 함께 나눌 수 있는 사람이라면 모두 섬 사랑 학교의 학생이었다. 그 동안 연재 글을 보고 전화와 편지로 관심을 표명해 주고, 또 실제 이곳을 방문해 섬 사랑학교 교실에 묵으며 자연현장 학습을 한 분들이 바로 이 학교 학생이 되었다.

　지금도 섬 사랑 학교는 이런 자연체험과 생태계 회복에 관심 있는 분들이 올 수 있도록 언제나 대문을 열어 두고 있다.

　개인적으로는 연재를 내면서 자연과 사람을 깊은 애정을 갖고 바라보게 되었음이 무엇보다 감사하다. 사 계절 섬의 야산에 피는 꽃과 나무, 수많은 갯가 생물들, 그리고 섬 할머니들의 순박한 내면과 고단했던 삶의 역경을 사랑의 마음으로 만나게 되었다.

　나무심기에 주력했던 우리 부부의 수고도 결실을 맺고 있다. 된비파나무가 열매를 달고 있고, 매화나무에도 여름 결실이 열렸다. 묵은 밭에 심은 사철큰키나무들 역시 해마다 키와 몸집을 늘리고 있다.

　청정한 공기와 산에서 내려오는 맑은 물, 그리고 섬의 밭에서 나오는 신토불이 먹거리들은 도시에서 누리는 어떤 문명의 혜택으로 인한 행복에도 견줄 수 없다.

보이지 않는 신분 경쟁과 돈을 중심에 둔 경제생활에서 잠시도 해방되기 어려운 도시 생활을 청산하고, 삶의 본질을 추구하는 삶을 살게 된 것에 감사하다.

　하나님께서 지으신 자연 속에서 부족함 없는 삶을 누리게 해 주셨다. 신새벽, 해풍을 맞으며 하늘에서 내려다보는 숱한 별과 눈 맞추며 오가는 새벽 기도 시간은 앞으로도 내 영혼을 하나님으로 충일케 하리라.

　무엇을 더 바라랴!

우리가 사는 섬 사랑 학교

　　　　　　　　　오래 전 폐교가 된 학교를 개조해 만든 섬 사랑 학교를
쉼과 명상과 기도가 필요한 분에게 개방하고 있다. 멀리 보이는 수평선이 우리 마음에
한없는 평안과 안식을 준다.

불지르기

먼 바다에 위치한 이 섬은 그 고립성 때문인지 여러 면에서 폐쇄적이다.

처음 섬에 들어왔을 때는 우리는 섬에 사는 분들이 하는 말을 알아듣기 힘들었다. 이 지방 사투리와 섬 특유의 억양에 할머니 세대만 사용하는 독특한 속어는 그 어느 곳에서도 듣기 힘든 말이었다.

함께 사는 데는 같은 말을 쓰는 게 중요하다는 걸 살면서 깨달았다. 사투리를 싫어하던 나는 '안녕하셨어요? 평안하셨어요?' 등의 서울말을 고집하다가, 지금은 이 곳 인사를 곧잘 흉내낸다.

'잘 사셨지라?'

이렇게 인사하면 금세 얼굴이 활짝 펴지며 무척 좋아한다. 밭에 가서 풀 베느라 힘들었던 날은 '어제 지심매고(풀 뽑고) 올매나 뻗치던지(힘들던지) 산에서 포도시(억지로) 내려왔어라' 하면 금방 동지감을 드러낸다.

할머니들은 의외로 돈 거래에는 신속하다. 한식구처럼 사는 이 작은 섬에서 신용이 없어지면 손해를 보기 때문이다. 어쩌다 급히 빌려간 돈은 한 시간이 못 되어 가져 온다. 이럴 때를 대비해 절대 헐지 않는 비상금 얼마씩은 다들 가지고 있다.

엊그제 갑자기 우리 집 관사와 학교 두 군데에 프로판 가스가 동시에 떨어졌다. 오후 배로 빈 가스통과 함께 현금을 줘야 이튿날 아침 새 통으로 교환 받는데 마침 몇 천원밖에 없었다. 이웃집 문 할머니에게 3만원, 송 할머니에게 3만원을 각각 빌렸다.

비닐에 싸서 비밀 장소에 감춰 두었던 꼬깃꼬깃한 비상금이었다. 주일 예배를 드리러 나간 길에 도초 농협에서 찾아와 오후에 돌려 드렸다.

"추근추근(천천히) 줘도 되는디……"

그럼 여기서는 사내가 여자 꽁무니를 따라다니며 집적거리는 걸 뭐라 하냐고 물었더니 그런 말은 없단다.

그런데 오히려 개방적인 게 있다. 남녀관계다. 제 때에 번듯하게 결혼식을 하기 어려워서인지 지금도 아이 낳고 살다가 하는 혼인식이 보통이다. 배 사고로 남편이 먼저 가면 부인이 두세 번 재가하는 경우도 흔하고, 흉도 아니다. 그래서 배 다르고, 씨 다른 형제들이 수두룩하다.

더구나 왕래가 힘들던 시절에 같은 마을, 이웃 섬 간의 혼사로 서로 간에 인척이 되지 않는 사람이 드물 정도다. 이모가 사촌형수가 되고 조카가 동서가 되기도 한다. 서로 간에 중첩되는 친척지간도 많다. 심지어는 사촌형이 두 번째 장인이 된 경우도 있다. 남녀의 문화가 개방적이어서인지 성(性)에 관한 얘기도 직설적이다.

텃밭에 심은 호박이 좀처럼 열매를 달지 않아 꽃을 들여다 보고 있는데, 옆집 김 영감님 부인이 꽥 소리를 지른다.

"권사님, 콱 불 지르씨요!"

이건 또 무슨 말인가? 수술을 따서 암술에 꽂아 주라는 얘기다. 인공수정을 하라는 것이다. 벌이 귀한 섬에서 할머니들이 경험으로 터득한 지혜다. 그래서 나도 '불 질렀다.' 얼굴이 뜨뜻했다.

바다에서 바라본 아름다운 우이도

　　　　　　　　　　　　먼 바다에 위치한 이 섬은, 그 고립성 때문에
여러 면에서 폐쇄적이다. 반면에 오히려 개방적인 것도 있다.

평안

지난 주, 경남 진해에 있는 큰 아들 집에 갔다가 다섯 살짜리 손자가 갑자기 경기를 하는 바람에 예정에 없이 아이 셋을 데리고 상경했다. 태어나자마자 호흡곤란으로 40여 일간 인큐베이터에 있었던 그 대학 병원으로 가서 진찰을 받고, 검사 예약을 한 후, 며느리와 손주들을 외가에 맡기고 나는 몸이 근질(?)거려 서울을 떠나 섬으로 들어왔다.

  새벽 버스를 타고 목포에 도착해, 시장에서 몇 가지 생필품을 사 가지고 여객선 터미널에 들어서니 하루에 한 번 우이도 가는 객선 섬사랑 6호가 뱃고동을 울리며 부두에서 출항 준비를 하고 있다.

닷새만에 섬에 들어왔다. 그 사이, 넉 달 전 몸이 아파 뭍에 나갔 던 74세의 최 할머니와, 한 달 전 막내딸의 산후 조리를 해 주러 서울 올라갔던 85세의 문 할머니가 약속이나 한 듯 들어와 계셨 다.

평생을 섬에서 자급하며 사는 여든이 넘은 할머니들의 건강이 좋을 리 없다. 공통으로 만성적인 허리 통증과 다리 관절염에 시 달린다. 자녀들은 초등학교를 마치고 일찍 뭍으로 나가 버려 도 울 일손이 없는 데다가, 나이 든 후에도 평생 습관이 된 밭일과 갯일을 하지 않고는 못 견디는 일 중독증 때문이다.

온몸이 붓고 다리 관절염이 심해 예배에만 간신히 참석하는 최 할머니를 제외하고, 다른 분들은 아프다는 말을 입에 달고 살면 서도 밭일과 갯일을 쉬지 않는다.

어느 날, 새벽 기도에 한두 번 빠지고, 낮에도 선착장에 나오지 않으면 단단히 병이 난 것이다. 집에 가보면 거동을 못 하고 누워 계신다. 지난 번 최 할머니는 뇌졸중 증세까지 보여 광주에서 급 히 들어온 아들에게 업혀 나갔다.

서울서 30년 살다가 2년 전 고향으로 들어오셨던 85세의 이 할 머니도 올 봄에 고사리를 꺾느라 허리를 너무 혹사해 얼마 전 서 울 사는 딸이 모시고 나갔다.

이렇게 나가는 할머니들은 다시는 못 들어올 것 같지만, 한 달

혹 길어야 두 달 후면 영락없이 섬으로 다시 들어오신다. 그리고 미안(?)한지 묻지도 않는 말을 빠뜨리지 않고 하신다.

> " 자식들이 가지 말라고 얼매나 붙드는지 금방 다시 오겠다 하고 억지로 왔어라. "
> " 할머니, 서울에서 자식들이 해 드리는 밥 드시면서 아파트에서 편히 사시면 좋잖아요? "
> " 그런 말 마씨요. 얼매나 답답헌지 아요? 꼭대기에 살면서 땅 밟기도 힘들고, 새벽 기도 한 번 맘대로 갈 수도 없고, 자식들 집이 편한 줄 아씨요? "

그러면서 못 다한 말은 머리를 절래절래 젓는 것으로 대신한다.

몸이 아프고 고단해도 마음 편하고, 영혼이 평안해야 좋다는 말씀에 다름 아닐 것이다. 어디 할머니들뿐이랴. 나도 다르지 않다. 엊그제, 목포 부두에 내려 출렁이는 바다를 보니 비로소 가슴이 확 트였다. 눈에서 비늘이 벗겨지듯 피곤이 씻겨 나가고, 마음과 영혼에는 평안이 바닷물처럼 넘실거렸다.

평안
　　　우리 마음에 평화를 가져다주는 잔잔한 갯가 풍경, 살랑거리는 파도 소리와 자
갈 구르는 소리는 자장가나 다름없다.

산국

한여름, 섬 전체를 덮고 있는 억센 갈대와 가시덤불 칡 덕분에 발길을 자주할 수 없었던 산밭에 풀이 말라 기세가 죽는 가을은 여러 모로 반가운 계절이다. 이 맘 때 예초기로 풀을 베 주면 내년 봄까지는 낫을 들 필요가 없기 때문이다.

10월 중순부터 시작한 예초기 작업이 요즘도 계속된다. 매화나무 200주가 자라고 있는 밭에는 묘목으로 자라 옮겨 심어야 할 나무들, 편백 메타세쿼이아, 후박나무, 비파나무가 섞여 자라고 있다.

나무를 상하게 할까봐 예초기를 직접 대기 어려운 나무 밑을 낫으로 정리하는 것은 내 몫이다. 그 후 남편이 나무와 나무 사이에 조심스럽게 길을 내 가며 사람 키가 넘는 갈대와 잡풀에 예초기를 댄다. 파도 소리와 바람 소리, 그리고 가끔 고깃배 지나가는 소리 외에 아무 소리도 들리지 않는 고요한 해변에 시끄러운 굉음을 내는 게 괜히 미안한 생각이 든다.

며칠을 수고하고 나니 매화나무의 훌쩍 자란 모습이 드러냈다. 굵어진 몸통이 제법 과실수의 꼴을 내는 게 마음을 흐뭇하게 했다.

삐죽 삐죽 하늘로 뻗친 가지를 전지가위를 놀려 2미터 높이로 낮춰주었다. 예초기와 낫으로 베어낸 건초가 순식간에 마른풀 더미를 이루었다. 마른풀은 다시 비를 맞고 흙에 섞여 썩어지면서 거름이 되어 내년에 열릴 매실 열매를 튼튼하게 해 줄 것이다.

바람 한 점 없이 바다는 잔잔하고 햇빛은 바다 위에서 은빛 비늘 되어 춤추고 있었다. 이런 날은 갈대밭을 태우기 딱 좋은 날이다.

저절로는 절대 죽지 않고 계속 밭을 잠식해 들어가는 갈대 둥지 위에 마른풀을 얹고 불을 놓았다. 섬에서 하는 일이 아직도 생경하기만 한 나와는 달리, 시골이 고향인 남편은 모든 일들이 익숙하고 자연스럽다.

불을 붙이기 전, 남편은 땅바닥에 옮겨 붙는 불꽃을 비빌 굵은 작대기를 내 손에 쥐어 주고 물뿌리개에 가득 물을 담아 곁에 갖다 놓았다.

후끈한 열기와 함께 붙은 불은 순식간에 기세 좋게 타올랐다. 혀처럼 날름거리는 노란 불길이 회오리 바람처럼 온몸을 뒤틀며 하늘로 올라갔다.

아득한 마음으로 불길을 따라 빠져들고 있는데, 남은 불길이 번지지 않게 작대기로 두드리라며 남편이 소리를 지른다. 아직 완전히 마르지 않은 갈대가 억지로 타면서 마지막 몸부림처럼 매운 연기를 내뿜었다. 눈이 맵고 고통스러워 눈물과 콧물이 줄줄 흘렀다.

그런데 한참 눈물을 흘리고 난 내 눈이 놀랍도록 맑고 개운해졌다. 그리고 늦가을 산을 덮고 있는 무더기 진 산국이 새삼스레 눈에 들어왔다. 그 어느 때보다 샛노랗게 보였다. 시원하게 코를 한번 풀고 나면 산국의 은은한 향기가 콧속으로 스며들어와 가슴을 가득 채웠다.

가을 숲을 환하게 하는 산국
섬의 늦가을 메마른 숲을 환하게 해 주는 산국 냄새
와 샛노란 색깔이 현기증을 일으킨다.

아들의 꿈

우리 가족은 머리 좋은 집안이 아니다. 남편과 나는 그 당시 이름 정도는 알려진 지방의 고등학교를 졸업하고 대학에 들어갈 수 있었을 뿐, 공부를 특별히 잘했다거나 두각을 나타낸 적이 없다. 이런 두 사람이 만나 태어난 두 아들도 어떤 의미에서 지극히 평범하게 자랄 수밖에 없었다. 아이들은 자하문 밖 세검정에서 어린 시절을 보내며 서울이라지만 도시 문화보다는 집 가까이 있는 북한산에 오르내리며 자연을 가까이 하며 자랐다.

큰아이가 초등학교 시절 친구들과 북한산에 놀러 갔다가 병에 송사리 몇 마리를 넣어 가지고 와서 엄마에게 내밀며 매운탕을 끓여 달라고 했던 생각이 난다. 주말이면 동네 가까운 산이나 물이 흐르는 계곡에서 아버지가 만든 돌 아궁이에 냄비 걸고 라면을 끓여 먹으면 최고의 피크닉이 되었다.

평범한 우리 가족이 벌인 유일한 외도랄까 모험은 큰아이가 초등학교 4학년이고 막내가 유치원에 다닐 때, 살던 집을 과감히 팔고 남편이 가족을 데리고 미국에 공부하러 간 것이다. 2년 미국 생활을 마치고 다시 살던 세검정으로 돌아왔다. 우리나라에 한창 이민 바람이 불던 때여서 우리 가족이 다시 돌아오는 것을 이상하게 여기는 사람도 많았다. 4년 터울인 아들들은 같은 초중고등학교를 다니고, 해군사관학교에 들어간 형이 졸업한 해에 동생도 같은 사관학교에 입학했다. 해군 장교로 복무하며 나중에 아들이 생기면 장교로 복무시키겠다던 아버지의 바람도 있었지만, 아들들도 잘 따라 주었다.

그 후 큰아들은 계속 군에 근무하면서 생각지도 못 했던 석사 박사 과정을 미국에서 밟게 되었다. 만학인 셈이다. 4년의 박사 과정을 마치고 작년 귀국해 다시 군에 복귀해 복무하고 있다. 작은아들은 형과 달리 군에 복무하면서도 다른 꿈을 키우고 있었다. 졸업 후 5년의 장교 의무 복무를 마치고 전역했다. 그 후 미국 몬태나 주립대학에서 야생 생물학을 공부하고 남아프리카 크루거 국립공원에서 1년 간 인턴 생활을 했다. 그 후 국제 NGO기관에서 아프리카 지역 개발 일을 해왔다. 작년에는 아프리카 가

나에서 코이카의 식수 위생 프로젝트를 맡아 현장 파견 근무를 하고 돌아왔다. 그 와중에 말라리아에 걸려 하마터면 목숨을 잃을 뻔한 일도 있다.

아들은 월드비전에서 근무한 아버지를 따라 중학교 때 아프리카에 다녀 올 기회가 있었다. 그 때 그 곳에서 일하는 자원봉사자들에게 깊은 인상을 받았다고 한다. 그 후 아프리카 전문가가 되어 아프리카에서 일하는 것이 오랜 세월 꿈이 되었다. 이걸 위해 소형비행기 운전면허도 취득했다. 지금은 아버지가 근무하던 월드비전의 구호팀에서 일하면서 꿈을 키우고 있다.

생각해 보면 아이들이 자랄 때는 꿈도 꾸지 못 했던 일들이 일어나고 있었다. 공부를 잘하지 못해 별로 기대하지 않았던 큰 아들이 나이 마흔 가까이 학업의 꿈을 성취한 일이나, 조용하고 수동적이던 작은아들이 아버지와 같은 비전을 가지고, 아프리카의 꿈을 성취하고 있는 게 말이다.

하나님의 은혜 아니고는 설명하기 힘들다.

삼부자와 큰손자 인욱이

아버지의 오랜 꿈이 아들에게 이어지고, 또 손자가 그 꿈
을 곁눈질한다. 큰손자 인욱이의 꿈은 섬에서 살며 진짜 섬사람이 되는 것이다.

게스트하우스로의 초대

우리가 동소우이도의 폐교를 매입할 당시 학교 관사에는 이미 누군가 살고 있었다. 그 즈음 무인도가 된 인근 섬 죽도에서 마지막으로 이사 나온 할아버지 부부였다. 죽도에서 7대째 살던 노인 내외는 다른 사람들이 모두 섬을 떠난 후에도 1년을 버텼다. 그러다 할아버지가 병이 나자 우리 이웃 섬인 서소우이도에 사는 아들이 고깃배를 가지고 가 짐과 함께 할아버지를 싣고 와버렸다. 아들과 함께 살 형편이 아닌 할아버지 내외는 건너 섬인 우리 섬으로 와서 폐교의 관사에 살고 있었다. 우리가 폐교를 구입해 내려간 후에는 옛날 학교의 창고를 개조해 우리와 한마당을 쓰며 7년을 살았다. 어느 날, 부인이 느닷없이 하는 말, "장로님 우리 내일

이사가라" 한다. 할아버지가 돌아가실 때까지 사시라고 했는데 이건 웬 한밤중 귀신 씨나락 까먹는 소리인가. 그렇게 해서 이튿날 아들네 고깃배가 와 한 번에 짐을 다 싣고 맞은 편 섬 서소우이도로 가 버렸다. 한 울타리에서 7년을 살았으니 미운 정 고운 정 다 들었을 터였다. 헤어짐은 서운했지만, 그이들이 살던 집은 너무 추레해 그냥 둘 수 없었다. 마침 남편은 벌써부터 당신이 설계해 짓는 게스트 하우스를 하나 마음에 두고 있었다. 섬에서 새 집을 짓는 일은 아주 어렵다. 국립공원지역인 섬은, 정식으로 건축허가 받는 일부터 장난이 아니었다. 자재는 모두 뭍에서 배로 들여와야 했다. 15평짜리 조립식 집을 짓는데 반년에 걸쳐 모두 여섯 번의 공정을 거쳤다. 포클레인이 들어와 헌집을 털어냈고, 그 다음 레미콘 트럭이 들어와 콘크리트를 쏟아 부어 기소를 쳤다. 바닥이 마른 다음에는 광주에서 다섯 명의 장정이 산더미 같은 자재를 싣고 와 조립식 주택을 닷새에 걸쳐 완성했다.

외부는 대강 끝난 셈이다. 내부가 남았다. 남편은 바닥은 마루로, 벽은 향내 나는 편백나무로 두르고 싶어 했다. 목포에서 인테리어 전문 팀이 며칠을 섬에서 묵으며 나무 붙이는 작업을 했다. 그 다음은 목욕탕에 타일 붙이는 기술자가 들어오고, 마지막으로 맞춤 싱크대를 트럭에 싣고 두 사람이 들어와 부엌을 완성했다. 얼추 안팎으로 집 모양이 났다. 상수도와 하수도 파이프라인과 전기 공사는 남편 몫이었다. 시원찮은 조수인 나를 데리고 하느라 힘들었지만 돈 안들이고 마쳤다. 그 후에 바닥을 사포로 부드럽게 갈고, 네 번 리스를 발라 윤을 내는 일, 커튼을 다는 일, 통유리 창 앞에 바다 쪽으로 덱크를 만드는 일, 나무침대와 거실 테이블을 만들어 방 모양을 갖추기까지는 몇 개월이 더 걸렸다. 거실의 소파와 벽걸이 텔레비전은 아들이 선물했다. 거실과 침실에는 거의 벽 한 면을 차지하는 통유리로 바다가 정면으로 나타나고, 거실 남쪽 창으로는 윗집 너른 텃밭이 시원하게 펼쳐졌다.

우리는 이 집을 '바실옥'이라 이름 지어 명패를 붙였다. 그리고 기도와 명상, 휴식과 회복이 필요한 모든 사람에게 개방해 놓고 있다. 이름은 성경 히브리서 11장 1절에 나오는 '믿음은 바라는 것들의 실상'에서 한 자씩 따서 지었다. 오래 전부터 믿음으로 꿈꾸어 오던 것이 이렇게 현실로 나타난 것에 대한 간증이다. 집이 완공돼 모든 것이 갖추어 진 즈음, 남편과 나는 거실 소파에서 바다를 바라보며 그동안 서로의 노고를 치하하며 자축했다.

'여보, 오늘은 우리 여기서 잘까?' 하는 내 말에 남편은 '당신 생일이라
도 되면 하루 자야지 어떻게 아무 일도 없는데 잘 수 있어?'

콧방귀를 뀐다. 그 동안 숱한 사람들이 바실옥을 다녀갔다. 그후 작년까지 네 번의 생일이 지나갔건만, 나는 아직도 바실옥에서 하룻밤 보내는 특권을 누리지 못 하고 있다.

게스트 하우스, 바실옥

　　　　　남편이 설계해 지은 게스트 하우스 '바실옥'의 이름은 '믿음
은 바라는 것들의 실상'에서 따왔다. 도시의 피곤한 삶에 지친 영혼들에게 늘 열려 있
는 기도와 명상, 휴식과 회복의 집이다.

동리 섬 현주소

남편은 만 10년 전 정년을 6년 가까이 남긴 나이 55세에 은퇴해 아무 연고도 없는 서해 남부 오지(奧地) 섬에 들어왔다. 바다를 좋아해 평생 바다를 향한 꿈을 가졌던 이유밖에는 달리 설명할 수가 없다. 남편 곁이 내 자리인 줄 알고 살아 온 나 역시 함께 들어오지 않을 이유가 없었다는 게 솔직한 표현이다. 그 때 이 섬에는 아홉 가구 열세 명의 주민이 살고 있었다.

강산이 변한다는 10년, 그 동안 섬에도 많은 변화가 있었다. 노인들 세 분이 돌아가시고 할머니 두 분은 요양원과 자식 집에 나가 계셔 지금은 아홉 명이 섬을 지키고 있다. 지난 10년 간 섬에 새로 들어온 식구는 단 한 명뿐이다. 대전에 살던 윤 할머니의 둘째 아들이 도시 생활을 완전히 접고 섬으로 들어왔다. 일곱 남매를 대표해 혼자 사시는 연로한 어머니를 모시기 위함도 있었을 것이다. 아직은 가족과 떨어져 어머니와 둘이 생활하고 있어 외롭게 보이기도 한다.

많은 사람들이 들락거리기는 했지만 정착한 사람은 없다. 이걸로 보아 섬의 미래가 어떻게 될지 어렵지 않게 짐작할 수 있다. 20년, 길게 30년 후에는 무인도가 되지 않으리라고 누가 장담할 수 있을까….

감사하게도 그동안 우리 섬 주민 아홉 명이 다 예수 그리스도를 믿게 되었다. 몇십 년을 집사로 계시던 할머니 두 분이 권사님으로 피택받아 2년 전에 평생 가장 기쁜 날을 맞으셨다. 전도사로 우리 섬에 들어와 4년째 고생하며 사역하던 목회자도 얼마 전 목사 안수를 받아 모처럼 경사를 치렀다.

일 년 중 하루도 새벽 기도를 빠지지 않으시는 91세의 문 권사님과 82세의 윤 권사님도 건강이 예전 같지 않다. 얼마 전부터 문 권사님은 눈에 띄게 기력이 쇠잔해 가신다. 새벽 기도에 안 나오시면 지난 밤새 무슨 일이 없으셨나, 겁이 난다. 그래도 감사한 것은 치매는 없으시다. 하나님 나라에 가실 때까지 맑은 정신으로 사셨으면 좋겠다.

하나님이 우리 부부를 왜 이곳으로 부르셨을까, 그리고 10년 넘게 살게 하셨을까, 날마다 하나님께 여쭤본다. 몇 년 전, 남편의 책 『조용한 용기』에 썼던 섬사람들 얘기 때문에 우리는 한때 마을에서 왕따가 되는 괴로움을 경험한 적이 있었다. 주민들사이에 다 인척간이 되는 이들에게 외면당하자 다시 도시로 가야할 지도 모른다는 공포감이 들었었다. 그러나 남편은 그런 오해를 용케도 잘 참아냈다. 그리고 진정성을 가지고 기회가 있는 대로 선을 베풀었다. 그 세월이 5년이 흘렀다. 지성이면 감천이라더니 이제는 우이도의 유일한 장로로 존경과 신뢰를 받고 있음을남편을 대하는 섬사람들의 눈빛에서 느낄 수 있다.

우리가 10년 전 심은 나무들은 이미 어른으로 자라 섬 자락 곳곳에 숲을 만들고 있다. 후박나무, 황칠나무, 편백, 비파나무, 구실잣밤나무 그늘이 시원하고 매실 열매도 적잖게 수확을 올린다. 우리가 들어오기 전까지 돈이 된다는 느릅나무, 나무껍질을 벗겨 아름드리나무를 고사(枯死)시키던 할머니들의 얘기도 먼 옛날이 되었다. 남편은 다도해 해상국립공원인 이 지역의 자원보호단으로 봉사하며 자연을 지키는 일에 앞장서고 있다.

아무도 기억해 주지 않는 오지 섬이지만 나는 숲과 자연 속에서날마다 하나님을 만난다. 그 만남보다 더 큰 기쁨과 감사가 있으랴!

선착장에 앉아 이런 저런 얘기를 나누고 있는 주민들

명절에 잠시 들어왔다
나가는 자녀들을 보내고 허전한 마음을 얘기로 달래며 서로 위로하는 주민들. 사랑하
는 사람들 다 떠나고 결국 우리만 남는 것을 확인한다.

김혜자 권사의 섬 방문

11월 말, 이미 초겨울로 접어든 을씨년스런 날씨에 뜻밖의 손님 두 분이 섬을 방문했다. 국민 배우라고 불리는 김혜자 씨를 모시고 월드비전에 근무하는 이명신 본부장이 들어 왔다.

마침 우리 부부는 며칠 전 큰시누이 상을 당해 장례 예배에 참석하러 미국으로 떠날 예정으로 섬을 떠나 서울에 가 있었다. 몇 년 전부터 섬을 한 번 방문하겠다고 벼르던 김혜자 권사가 주인의 부재에도 개의치 않고 어려운 걸음을 한 것이다.

김 권사는 남편이 월드비전에 근무할 때 탤런트 신우회에서 함께 성경 공부를 했고, 또 오랫동안 월드비전 홍보대사로 있던 권사님과 함께 아프리카에 방문하는 등 잘 아는 사이였다. 남편은 김혜자 권사를 무척 좋아해서 미국에 갈 때면 늘 들르곤 하는 LA 허리우드 블루버드에 있는 고서점 〈북 씨티〉에서 유명 배우들의 전기나 사진첩을 구해와 선물하곤 했다. 그러면서 권사님도 이렇게 책으로 남는 불후의 연기자가 되라고 격려를 해 드렸다.

우리 집이 있던 세검정과 멀지 않은 연희동에 사는 권사님 댁을 몇 차례 방문해 대화를 나누면서 권사님이 깊은 문학적 취향을 가지고 있고, 세상 물정을 모를 정도로 순수한 마음과 따뜻한 손길을 가지고 계심을 알았다. 배우 김혜자와 함께 인간 김혜자에 대해 깊은 호감을 갖게 된 연유였다.

권사님을 가까이 뵈니 사슴 같은 커다랗고 맑고 깊은 눈을 가지고 있는 걸 알았다. 눈을 맞추면 마치 깊은 호수를 들여다 보는 것 같았다. 남편은 권사님의 백지와 같은 순수한 성품이 영화나 드라마에서 어떤 역이 주어지든지 바로 그 역할에 몰입할 수 있는 동인이 되지 않나 하는, 권사님 연기에 대한 나름의 평가를 하기도 했다. 권사님은 우리 부부를 보면 '행복'이라는 단어가 생각난다면서 우리를 격려해 주고 행복하게 해 주었다.

사실 권사님이 다녀가신 게스트 하우스 바실옥은 우리가 지을 때부터 권사님이 찾아줄 것을 염두에 두고, 가능하면 권사님 취향에 맞게 품격 있고 단아하게 지으려고 노력했다. 은퇴 후 이런 조용한 섬에서 살고 싶다는 권사님의 소망을 잘 알고 있기 때문

이기도 했다. 2박 3일 동네 할머니들의 환대를 받다 가신 권사님
이 방명록에 이런 글을 남겼다.

아침나절 장로님 내외분이 권해 준 영화 〈바베트의 만찬〉을 두 번째 봤
습니다. '너 하나님께 이끌리어 일평생 주만 바라면, 너 어려울 때 힘주
시고 언제나 지켜 주시리. 주 크신 사랑 믿는 자 그 반석 위에 서리라.'
언젠가 불러 보았던 찬송 341장을 찾아서 이명신 씨와 함께 부릅니다.
'네가 천국에 가져갈 수 있는 것은 네가 남에게 주었던 것뿐이다.' 영화
속 이 대사를 가슴 속 깊이 간직합니다.
이 섬에 초대해 주신 오제신, 지정희 님께 감사합니다. 주님의 마음을
다시 느끼게 해 주셔서 감사, 섬사람들의 따뜻한 마음에 감사, 영숙(이
웃 할머니의 딸)씨가 고사리나물, 거북손, 조개 등 맛있는 음식 챙겨 주
심 감사. 따뜻한 햇살 감사, 잠을 잘 재워준 침대에도 감사, 침대도, 거
실 탁자도, 의자도 모두 장로님 솜씨더군요. 정말 잘 쉬다 갑니다

김혜자, with Love

권사님은 이 영화 〈바베트의 만찬〉을 보고 나서 소파에서 벌떡
일어나 기립 박수를 쳤다고 한다. 우리 부부는 열 번도 더 봤지
만, 한 번도 기립 박수 칠 생각을 못 했는데, 얼마나 우리와 다른
가?

섬에 방문한 김혜자 권사

　　　　　　　　　　　우리 부부와 오랜 친분을 쌓은 탤런트 김혜자 씨가 한 겨
울 섬을 방문해 주었다. 마세 장불에서 찍은 사진이 바다와 너무 잘 어울린다.

손녀의 꿈

내 이름은 성빈이, 오늘 만 7살이 되었지요. 위로는 두 살 위의 인욱 오빠와 두 살 아래의 남자동생 해욱이가 있습니다. 우리 삼남매는 보통 때는 사이좋게 지내지만, 어떤 때는 못말리는 전쟁을 하기도 한답니다. 보통 때 보다 '어떤 때'가 더 많아 걱정이지만요.

우리 가족은 대한민국의 해군 아버지를 따라 2년 전 미국에 와 모두 학생이 되었습니다. 아버지는 대학원 엄마는 대학, 오빠는 초등학교 1학년, 나는 프리스쿨, 그리고 동생은 킨더가든에 2년 째 다니고 있습니다. 앞으로 2년 후에 한국으로 돌아갈 예정인 우리는 영어 공부하랴, 한글 공부 하랴, 매일 매일을 분주하

게 보내고 있습니다. 그런데도 올 여름방학 엄마와 우리는 한국
엘 다녀왔습니다. 아버지는 날마다 도서관에 가서 공부하느라 못
가셨지요.

그건 한국에 사시는 할아버지가 우리를 오라고 하셨기 때문이
예요. 올해뿐 아니랍니다. 작년에도 우리는 할아버지 덕분에 한
국에 가서 한 달 넘게 재미있고 신나는 방학을 보내고 왔습니다.
한국에 사시는 우리 할머니 할아버지는 아주 특별한 분이랍니다.
왜냐하면 '특별한 곳'에 사시거든요. 어디 사시느냐고요? 우리나
라 서해 바다의 남쪽 끝에 있는 '우이도' 라는 외딴 섬이 우리 할
머니 할아버지가 사시는 곳이예요.

우리 오빠는 할아버지를 '장난꾸러기 섬 할아버지'라고 부릅니
다. 섬에 계신 할아버지가 미국으로 전화를 하시면 오빠는 '장난
할아버지, 안녕하세요?'하고 인사를 한답니다. 우리가 섬에 있을
때, 아침에 '얘들아 잘 잤니?'라고 인사하시는 그 순간부터 자기
전 '잘 자라'하고 뽀뽀해 주실 때까지, 우리 할아버지 머릿속엔 장
난으로 가득 차 있기 때문이지요. 장난을 최고로 좋아하는 우리
오빠는 이런 할아버지를 정말 좋아한답니다.

우리 할머니 할아버지가 사시는 곳은 오래 전 문을 닫은 초등학
교 건물입니다. 이번에도 우리는 학교의 넓은 교실 방에서 엄마
랑 함께 지냈습니다. 미국에서처럼 방을 따로 쓰지 않고 함께 놀

고먹고 자는 게 참 좋았습니다. 우리가 한국 바닷가에 사는 할아버지 집에 간다고 하니까, 여기 어른들이 조심하라고 걱정을 많이 하셨답니다.

그런데, 생각해 보니까 우리 할아버지는 섬에서 '조심해!'라는 말을 하신 적이 별로 없습니다. 우리도 한 번도 위험하다고 생각한 적이 없었고요. 왜냐하면 이곳에는 차가 없답니다. 버스도 없고 자가용도 없습니다. 섬에는 우리 할머니 할아버지를 빼고 다른 할머니들이 다섯 명, 조금 젊은 할아버지 한 분과 늙은 할아버지 한 분, 뭍으로 들락날락 하시는 할아버지 전도사님 부부까지 모두 열한 명이 삽니다. 서로 다 아는 사이니까 도시에서 잘 일어나는 아이들을 유괴해 가는 일도 절대 없지요. 우리는 아침부터 저녁까지 이곳 저곳을 마음대로 놀러 다니지만, 제 생각에도 딱히 조심해야 할 일은 없는 것 같아요.

우리가 자는 교실에는 할아버지가 보시는 책들이 가득 꽂혀 있습니다. 오빠와 내가 볼 수 있는 나무와 꽃, 동물과 곤충 사진이 들어있는 책도 여러 권 있습니다. 오빠는 특히 동물들과 새들의 책을 좋아합니다. 밤에 자기 전에 할아버지와 머리를 맞대고 이 책을 읽습니다.

"할아버지 나 이 책 미국에 가져가고 싶어요."

"그래? 할아버지가 미국에 여행 가서 산 책인데 네가 좋다면 가지고 가렴."

　할아버지는 낡은 겉표지를 두꺼운 종이로 새로 만들고, 거기에 'The World of Animals'라는 제목을 써 주셨습니다. 그 날 밤부터 오빠 배낭이 그 책의 집이 되었습니다. 교실에는 할아버지가 오래 전 회사에 다닐 때 외국 여행에서 사 온 기념품들을 넣어 둔 장식장도 있습니다. 우리는 나중에 할아버지에게 달라고 할 것을 하나씩 '찜' 해 놓았지요. 오빠는 영화 〈캐라비언 해적〉에 나오는 해골 모양의 해적 마스크를, 나는 코끼리 뿔로 만든 '이집트 공주' 상아 상을 점찍어 놓았답니다. 내 동생은 뭘 갖고 싶은 지를 몰라 아직 정하지 못 했고요.

　학교 게시판으로 쓰던 곳에는 할아버지가 섬에서 잡은 색색의 나비와 곤충들이 핀에 꽂혀 있습니다. 할아버지는 나비 이름과 곤충들의 이름을 우리에게 하나씩 가르쳐 주십니다. 오빠는 이 교실이 박물관 같아서 좋다고 합니다.

　그러나 제일 근사한 것은 벽에서 우리를 내려다보고 있는 꽃사슴의 머리랍니다. 작년 가을, 건너 섬 무인도에서 할아버지가 국립공원 아저씨들과 함께 잡은 것이랍니다. 그 중 제일 큰 사슴을 할아버지가 가지고 오셨답니다.

왜 제일 큰 사슴이 할아버지 것이냐 하면 할아버지가 그 사슴들의 주인이거든요. 처음 섬에 들어오면서 동물원에서 분양받은 사슴 가족 일곱 마리를 할아버지는 무인도 섬에 넣어 주셨어요. 할아버지는 무인도를 동물들이 마음놓고 살 수 있는 천국으로 만들고 싶으셨다지요. 그런데 사슴들이 그동안 새끼를 쳐서 사슴이 많아지자 섬 자연을 해친다고 국립공원 아저씨들이 사슴을 잡아내기로 한 거랍니다.

우리 오빠는 한국에 오기 전부터 이 사슴을 보고 싶어 했어요. 그런데 섬에 들어오자마자 교실 벽에 걸려 있는 사슴을 본 오빠는 깜짝 놀랐습니다.

"할아버지, 사슴이 죽었는데 어떻게 눈을 동그랗게 뜨고 있어요?"
"아, 그건 말이다. 지금은 낮이니까 눈을 뜨고 있지만, 밤이 되면 사슴도 눈을 감고 잔단다."
"정말이에요, 할아버지?"
"그럼, 사슴도 우리처럼 눈 감고 자다가 불을 키거나 소리를 내면 눈을 뜬단다. 그러니까 사슴이 잘 때는 절대 시끄럽게 하면 안 된다."

늘 웃으시며 장난하는 할아버지가 웃지도 않고 말씀하시자 오빠도 나도 고개를 끄덕였습니다. 그 날 밤부터 우리는 불을 끈 후에는 사슴이 깰까봐 조용하려고 얼마나 애를 썼는지 몰라요. 얘기도 귓속말로만 했고요. 며칠 후, 오빠와 둘이만 있을 때였습니다.

"성빈아, 너 사슴이 밤에 눈 감고 잔다는 할아버지 얘기 진짜 같아?"

오빠가 고개를 갸웃거리며 심각한 표정으로 물었습니다.

"오빠, 나는 아닌 것 같아. 그런데 할아버지는 거짓말 안 하시잖아?"
"그렇긴 하지……."

그 날 밤이었어요. 엄마가 동생에게 동화책을 읽어 주고 있는데 갑자기 '탁' 소리가 나더니 전기불이 꺼졌습니다. 사방이 캄캄해 아무것도 보이지 않았습니다. 그 때 '드르륵' 하고 교실 현관문이 열리면서 할아버지 음성이 들려왔어요. 할아버지 손에는 손전등이 들려 있었어요. 우리가 무서울까봐 오셨나 봐요.

"얘들아 캄캄한데 사슴이 정말 눈을 감고 자는지 한 번 볼까?"

우리 귀에만 들리게 조그맣게 말씀하셨어요. 오빠와 나는 좋다는 표시로 '예스'라는 입모양을 만들었지요. 할아버지는 미소를 지으시면서 손전등을 사슴 가까이 살짝 비췄어요. 우리는 침을 꼴깍 삼키며 사슴을 바라보았지요. 눈 감은 사슴을 볼 수 있는 둘도 없는 기회였으니까요.

그 순간이었어요. '잉' 하는 신호음과 함께 교실 위 형광등이 껌벅껌벅하더니 불이 환하게 들어왔습니다. 할아버지는 무척 아쉽다는 표정으로, "아이고, 불이 들어오니까 사슴이 눈을 번쩍 떠버렸네!"하고 껄껄 웃으셨습니다.

그 후 우리는 한 달이나 섬에 더 있었지만, 매일 밤 고단하게 자느라 한 번도 사슴이 눈 감고 자는 모습을 보지 못 했어요. 내 년에 다시 섬에 가면 꼭 보고야 말겠다고 오빠와 나는 벼르고 있답니다.

오늘은 할아버지를 따라 산에 가는 날입니다. 할아버지는 섬에 있는 묵은 밭을 사서 그곳에 나무를 많이 심었습니다. 그 동안 심은 사철나무인 후박나,무 황칠나무, 구실잣밤나무를 〈우리나라 나무 이야기〉에서 찾아 보여 주셨지요. 할아버지는 나무 심은 지 7년이 지났으니 내 나이와 같다고 하시면서, 키를 대 보러 가자고 하셨어요.

그런데 할아버지와 할머니가 나무를 돌보러 가시느라 만든 길에는 뱀이 많이 나온다고 합니다. 우리는 섬에 들어오면서 할아버지의 당부대로 엄마가 사 온 장화를 신고, 손에는 할아버지가 낫으로 쳐 만든 대나무 가지를 하나씩 들고 산을 오릅니다. 파란 장화와 빨간 장화, 노란 장화가 오솔길을 걸어갑니다.

할아버지가 처음으로 우리에게 뱀을 주의해야 한다고 말씀하셨기 때문에 모두들 정신을 바짝 차리고 발밑을 봅니다. 할아버지는 대나무로 길 가운데를 탁탁 치면서 성큼 성큼 앞서 가십니다. 그 뒤를 오빠, 엄마, 나, 동생, 할머니 이렇게 줄을 섰습니다. 그런데 나는 길 옆에 달려있는 새콤달콤한 산딸기를 따 먹는 재미에 뱀 생각은 자꾸 잊어버립니다.

드디어 뱀이 나타났습니다! 이렇게 비가 온 이튿날, 볕이 난 날은 길 가운데 쓰러져 있는 나무 위에 뱀이 앉아 있습니다. 따뜻한 볕 아래 몸을 데워 에너지를 모으고 있는 거라고 할아버지는 가르쳐 주셨어요. 썩은 나무 위에 진한 잿빛의 뱀이 한 마리, 두 마리, 세 마리, 네 마리가 동그랗게 똬리를 틀고 있습니다. '헉' 이건 엄마가 내는 소리입니다. 우리들 중 엄마 말고는 무섭다고 소리 지르는 사람이 아무도 없습니다. 그때 용감한 우리 오빠가 또 모험심을 발휘했어요.

"할아버지, 나 뱀 만져 보고 싶어요."
"그래, 장갑 꼈으니까 꼬리만 살짝 만져 봐라."

할아버지는 아무렇지도 않게 말씀하셨어요. 오빠는 신이 나서 얼른 뱀을 만지고 자랑스럽게 어깨를 한번 으쓱 합니다. 우리 식구 중 진짜 뱀을 만져 본 사람은 이제까지 아무도 없습니다. 정말 이때처럼 장난꾸러기 우리 오빠가 자랑스러운 적은 없었답니다.

우리는 집에서 십리 쯤 떨어진 '은산기미' 해변 위에 있는 할아버지 밭에 왔습니다. 사람이 살던 집터와 돌담 아래 층층으로 된 넓은 밭이 있고, 그 아래 해변으로 내려가는 길 중간에는 맑은 우물이 있습니다. 섬에 사람이 살 수 있는지 없는지는, 먹을 수 있는 물이 있는지 없는지에 달렸다고 할머니가 얘기해 주십니다. 정말 잠시라도 목이 마르면 나는 죽을 것 같다는 생각이 들었어요.

할아버지가 심은 나무들이 내 키보다 훨씬 크게 자라고 있었습니다. 할아버지가 돌아가신 후에 이 나무들이 자라 숲을 이루면, 엄마 아빠와 이곳에 와서 할아버지를 생각하라고 말씀하십니다. 그 때 오빠가 말했어요.

"할아버지 죽으면 안 돼요. 우리랑 오래 오래 살아야 해요."

할아버지는 아무 말도 않고 빙그레 웃기만 하십니다. 할아버지는 키 큰 나무들은 한 번 씩 고개를 젖혀 쳐다보며 몸통을 어루만져 주시고, 작년 가을 새로 심은 어린 나무들은 일일이 낫으로 주변을 쳐 주십니다. 키 큰 갈대가 나무를 덮어 버리고, 칡이란 놈이 연약한 줄기를 칭칭 감고 있습니다. 나처럼 어린 나무가 숨이 막혀 '캑캑' 대는 소리가 들리는 것만 같아, 나도 모르게 눈물이 글썽해졌습니다.

"성빈아, 그러니까 할아버지가 낫으로 칡을 잘라주시지 않니?"

할머니가 나를 꼭 안아 주십니다. 오빠는 할아버지처럼 낫으로 풀을 베 보고 싶어 안달이 났습니다.

"할아버지, 나도 낫으로 풀을 베고 싶어요. 언제나 할 수 있어요?"
"열여섯 살이 되면 할아버지가 인욱이에게 낫을 하나 사 주지."

할아버지와 오빠는 새끼손가락을 걸고 약속을 합니다. 오빠는 몇 년이나 남았는지 손가락으로 헤아려 봅니다.

밭을 따라 내려가자 작은 모래사장이 나옵니다. 이곳이 우리 가족 해수욕장입니다. 우리들은 바위에 붙어 있는 조개들을 잡느라 정신이 없습니다. 거북이 발톱같이 최고로 괴상하게 생긴 '거북손'이 있습니다. 만지면 물을 찍 뿜으며 바위에 찰싹 달라붙어 절대로 떨어지지 않는 전복의 사촌동생 '배말'은 정말 따기가 힘

듭니다. 평평한 바위에 둥근 집을 짓고, 그 안에 하얀 살을 감추고 있는 '꿀통'은 우리 오빠 축구화 바닥의 스파이크 같습니다. 동생은 웅덩이 속 말미잘에 손가락을 넣어 간지럼 태우는 걸 제일 좋아한답니다. 우리는 하루 종일 여기서 놀았으면 좋겠다고 조릅니다.

그런데 하필 이 때 나는 똥이 마렵습니다. 할아버지가 걱정 말라며 모래 위에 화장실을 만들어 주셨습니다. 모래를 파 구덩이를 만들고, 양 쪽에 나란히 판자를 놓아 주셨지요.

"성빈아, 이 게 우리나라 옛날 '변소'라는 거란다."

미국으로 돌아온 후, 할아버지가 이메일로 사진 한 장을 보내주셨어요. 제가 해변 모래사장에 똥 누고 모래로 덮은 바로 그 자리에 꽃이 피었답니다. 노란 꽃잎이 여러 개 달린 정말 예쁜 꽃이었어요.

"성빈아, 그런데 그 꽃에서 무슨 냄새가 날까?"

나는 얼굴이 빨개지고, 오빠와 동생은 할아버지의 전화를 받고 킥킥대며 놀립니다.

나는 이제 할아버지를 '장난, 플러스 심술 할아버지'로 부르겠다고 다짐했습니다. 오빠는 올 여름 방학 숙제로 '사슴 이야기'를 써 가겠다며 할아버지와 함께 찍은 사슴 사진을 보내달라고 부탁했습니다. 저는 '모래사장에 피어난 노란 꽃' 이야기를 써야겠다고 마음먹었어요. 설마 제 글에서 똥 냄새가 나지는 않을 테니까요.

고단한 세월을
잘았여라

섬에 사는 사람들

2002년 우리가 섬으로 들어올 때 전체 주민은 아홉 세대, 열한 명이었다. 2년 전 혼자 살던 반장 노인이 간암으로 돌아가서 열두 명이 되었다. 올봄, 30년 전에 섬을 나갔던 여든 네 살의 이 할머니가 서울서 고달픈 삶을 살다가 고향으로 돌아왔다.

우리 부부와 옆집 영감님의 후처를 제외하고 섬에서 제일 젊은 예순 일곱 살의 신 할머니가 내내 혼자 살다가 몇 년 전 용감하게 홀아비 선장님을 받아들여 함께 산다. 오랫동안 떨어져 살던 목사님 부부, 부인이 서울서 공무원 생활을 마치고 정착하러 들어왔었다. 그래서 섬주민이 열다섯 명으로 불었다.

불과 30여 년 전만 해도 섬에는 200명 가까운 주민에 지금 우리가 사는 초등학교에는 마흔 명이 넘는 학생이 있었다고 한다. 지금도 교실에 앉아 있으면 그 때 아이들의 재잘대는 정다운 소리가 들리는 것 같다. 학교 관사에는 교사 두 명이 상주하면서 아이들을 가르쳤다고 한다.

점심시간에는 집으로 달려가 엄마에게 어리광 피우면서 점심을 먹고 왔을 것이다. 한 집에 보통 7-8남매를 두었으니 한 교실에서 여러 형제자매가 함께 공부하는 진풍경도 벌어졌을 것이다.

초등학교 졸업한 후에는 진학을 위해 면 소재지인 도초도, 혹은 제일 가까운 뭍인 목포로 나갔다. 맏형이 뭍으로 나가 자리를 잡게 되면 동생들은 줄줄이 형의 책임이 되었다.

이렇게 세월이 흘러 지금은 자식들이 전국 각 처에 흩어져 살게 되고, 섬에는 홀로 된 할머니 한 분이나 노부부가 집을 지키고 있을 뿐이다.

마을은 선착장을 중심으로 둘로 나뉘어 있다. 남쪽으로 '무등골'에 일곱 명, 학교가 있는 북쪽 '큰 배미'에 여덟 명이 살면서 새벽 기도 때 교회서 얼굴을 보고, 객선이 도착하는 오후 세 시에는 별일이 없어도 모두들 선착장으로 나온다. 늘 나오던 분이 새벽 기도에 빠지면 들려 봐야 한다.

할머니들은 이구동성으로 왜 하나님이 진작 데려가지 않는가 모르겠다고 하시면서도, 평생 습관이 된 밭일과 갯가 일을 쉬지

않고, 또 한 양푼씩 뚝딱 해치우는 식사 모습을 보면 이 말의 진
의를 의심하지 않을 수 없다.

평생 반장이던 오 노인이 돌아가신 후, 남편은 작년부터 이 섬
마을의 반장이 되었다. 한글을 모르는 할머니들의 눈이 되어 드
리는 일을 비롯해 젊은(?) 남자의 힘이 필요한 곳이면 마다 않고
간다.

어제 저녁, 76세인 윤 할머니가 찾아왔다.

"장로님 식사하셨지라? 우리 염소 잡는디 좀 꼬실라 주씨요."

윤 할머니 집에 다녀와 자랑스럽게 전리품처럼 염소 뿔을 내 놓
는 남편의 몸에서 노린내가 진동했다.

어버이날, 선착장에서 음식을 나눠 먹고 있는 섬 주민들

어버이날, 섬 주민
들이 선착장에 철버덕 앉아 음식을 나눠 먹으며 서로 외로운 마음을 달래고 있다.

은밀한 축복

우리가 서울서 살던 집을 팔고 섬으로 들어오면서 제일 두려웠던 것은 여러 가지 실생활에 대한 염려였다. 그중 가장 큰 것은 '무 엇을 먹을까'였다.

목포에서 하루 한 차례 떠나는 우이도행 여객선을 타고 오는 동 안 눈에 들어오는 것은 바다와 섬들뿐이었다. 세 시간의 항해는 우리가 살아야 할 섬이 마트나 시장으로부터 너무 먼 거리임을 확인시켜 주었다.

구멍가게 하나 없는 섬에는 70대, 80대 노인들 뿐이었고, 그들 은 맨발로 다니며 밭일을 하다가 땅바닥에 털퍼덕 앉아서 쉬는, 도시에서는 좀처럼 보기 힘든 거친 모습의 삶을 살고 있었다.

붉고 푸른 색깔의 값싼 우레탄을 슬레이트 위에 덧칠한 지붕은 멀리서는 그럴 듯해 보이지만, 속은 움막이나 다름없이 좁고 어두웠다. 바람막이 돌담 울타리와 시멘트로 바른 마당, 그리고 금새 내려앉을 것 같은 낮은 천정을 이고 사는 노인들의 모습 역시 오래된 집만큼이나 추레했다.

물의 자녀들이 명절 때마다 한 번씩 보내주는 약간의 용돈과 얼마 안 되는 밭농사, 철따라 하는 갯가 일로 자급하며 사는 모습을 보면서 잠시 동안은 내 걱정이 타당한 것 같았다. 그러나 지금 생각해 보면 그때의 나의 무지와 걱정이 부끄러울 뿐이다.

이곳에서는 돈으로 살 수 있는 것은 하나도 없지만, 산과 바다에서 거저 얻을 수 있는 것으로 우리의 식탁은 날마다 풍성하다. 봄에 지천으로 올라오는 어린 쑥을 캐, 멸치국물에 된장 풀고 한 소끔 끓이면 그 향기로움이 몸 깊숙이 스며든다. 쑥만큼 달래도 흔하다. 아침에 달래 무침을 하면 하루 종일 방안에 봄이 가득해진다.

묵은 텃밭의 양지 쪽에서 연녹색 동그란 얼굴을 쏙쏙 내미는 머윗잎을 살짝 데치면, 그 쌉싸래한 맛이 입안과 마음까지 정갈하게 씻어 주는 것도 알았다. 도시에서 가격표만 보고 지나치던 자연산 두릅을 남편과 함께 따서 바로 데쳐 먹는 사치도 누린다.

내 손으로 꺾어서 말려 놓은 고사리를 손님이 올 때마다 볶아서 내놓는 기분은 고사리 맛보다 더 고소하다. 주민들과 함께 미역을 따고 말리는 작업을 4년째 하면서 비로소 섬 공동체의 일원이된 것을 스스로 실감하기도 했었다.

마른멸치, 새우젓, 김, 미역, 굴, 그리고 살아있는 장어, 우럭, 아구, 갑오징어, 병어, 숭어, 꽃게. 문어를 그 동안 돈 주고 사먹은 적이 없다. 대부분 얻어먹거나 남편이 직접 잡아온다. 도시에서 모든 먹거리가 마트나 슈퍼라는 공장(?)에서 나오는 것으로믿었던 내가, 이제는 그것들이 자연에서 얻어진다는 코페르니쿠스적 전환을 체험하게 된 것이다.

평생을 광고와 습관으로 세뇌되어 마비 증세에 빠져있던 자연감각이 되살아났다고 할까? 도시에서 일어나는 여러 가지 비극적인 일들의 한 축에, 바로 자연을 잃어버리고 또 두려움 때문에자연을 찾아 나서지 못 하고 사는 데 그 원인이 있음도 감지하게되었다.

섬 생활에서 우려했던 부족과 불편함이 나에게 이처럼 풍성하고 은밀한 축복이 되고 있다.

멸치 볶음, 굴, 호박나물, 푸성귀 무침 그리고 미역국이 오늘아침 상에 올린 반찬이다. 더 이상의 웰빙 메뉴가 있을까….

우리 밭에서 딴 두릅
　　　　　　　우리 산밭에서 따온 싱싱한 두릅을 바로 데쳐 초고추장 찍어
먹는 사치를 누린다. 남편은 우리나라에서 제일 좋은 두릅이라고 자랑한다.

사선(私船)을 타고, 사선(死線)을 넘어서

내가 살고 있는 섬은 먼 바다의 초입에 있다. 먼 바다에 주의보가 발효되면 뱃길이 끊어진다. 그런 날이 1년이면 약 100일 정도 된다. 주의보가 해제 되더라도 파도가 너무 높으면 배가 들어오지 않는다. 그런 날 피치 못한 사정으로 뭍에 나가야 할 경우, 위험을 무릅쓰고 낚시 배로 임대해 주는 작은 선외기(船外機) 배를 이용한다. 이 배를 사선(私船)이라고 부른다.

우리 부부는 3년 간 우리가 사는 동리 섬 교회를 섬겼다. 그러다가 조금 큰 교회에 나가 전도하고, 구체적으로 헌신하고 싶은 소원이 생겼다. 기도하면서 목사님과 주민들에게 양해를 구하고 주일 예배는 배로 50분 거리의 면사무소가 있는, 우리 섬 교회의 당회장인 도초도의 지남교회로 출석한다.

　주의보가 예보되면 미리 하루 전에 나가고, 또 주일 예배 후 날씨가 나빠서 배가 못 뜨면 하루 자고 월요일에 들어온다. 지난 태풍 때에는 교회에 갔다가 뱃길이 끊어져 3일 동안 도초도에 머문 적도 있다. 이렇게 어렵게 나가는 교회인지라 예배드리는 자세가 남다르지 않을 수 없다. 언제 이처럼 소중한 예배를 드려보았던가 싶다.

　예배에의 성공이 삶으로의 성공으로 이어짐을 깨닫는다. 첫 주에 출석하니 찬양대를 맡아달라는 담임 목사님의 부탁이 있으셨다. 다음 주부터 찬양대를 지도하게 되었다. 남편은 찬양대 청일점으로 베이스 파트를 맡게 되었고, 중고등부 교사직도 맡아 봉사하게 되었다.

　지남교회는 전 교인 100명이 안 되는 전형적인 시골 섬 교회다. 찬양대원 열두 명이 50대로 제일 젊고, 나머지 교인들 평균 연령은 70대이다. 날마다 하는 고단한 논밭 일 때문일까? 예배가 시작되면 많은 교인들이 꾸벅 꾸벅 졸기 시작한다. 농사일이 바쁜 철에는 설교시간이 휴식시간이 된다.

　언젠가 남편이 교인들 앞에서 토로한 적이 있다.

　“아시다시피 저희 부부는 배를 타고 예배 드리러 나옵니다. 돈도, 시간도 적지 않게 듭니다. 그리고 날씨가 여의치 않으면 하루 이틀씩 여관에서 묵고 가야 합니다. 이렇게 값비싼 예배를 드리는데 예배시간에 도저히 좋을 수가 없습니다."

엊그제 주일, 새벽 기도에 다녀오는데 파도가 심상치 않다. 북서풍인 하늬바람이 세차게 불어온다. 아니나 다를까, 밤 동안 주의보가 떨어졌다. 가슴이 덜컥 내려앉는다. 고민하고 있는데 남편이 사선을 부른다. 가을 들어 세 번째다. 우리가 타고 다니는 객선은 도초도까지 배 삯이 3,050원, 사선은 한번 이용하는데 10만원이다. 다섯 명이 탔을 때는 한 사람이 2만원, 열 명이 탔을 때는 1만 원씩 만 내면 된다.

파도가 높은 주일 아침에 우리 부부 외에 섬을 뜨는 사람은 아무도 없다. 전세를 낸 셈이다. 주의보는 해제되었지만 바다는 여전히 흉흉하다. 파도가 높아 배가 붕 떴다가 철석하고 내려앉을 때마다 뱃속이 뒤집히고 정신이 아득해진다. 배 바닥에 죽은 듯이 엎드려서 목젖까지 올라온 멀미를 겨우 참아낸다. 그리고 기도한다.

"하나님, 죽도록 충성하려고 가는 이 뱃길을 지켜 주시옵소서."

눈 오고 바람 부는 한 겨울 바다

한 겨울, 북풍 하늬바람이 불면 주의보가 떨어
지고 며칠간 배가 오지 않는다. 밤 사이 칼바람이 불고, 집 채만한 파도가 넘실대는 바
다의 흉흉함을 어디 비하랴!

만희 씨 이야기

만희 씨는 섬에서 우리와 한마당을 쓰며 사는, 김 영감님의 부인
이다. 원래 영감님의 고향은 이 섬에서 뱃길로 10여 리 떨어진
죽도였다. 그러나 2000년 무인도가 되는 바람에 부부는 강제 이
주 당해서 이곳에 와 주인 없는 폐교에 살고 있었다.

  우리가 처음 이 섬을 방문했을 때, 굴 속 같이 어둡고 비좁은 관
사에 사는 이들의 모습을 보고 깜작 놀랐던 기억이 새롭다. 우리
가 섬으로 들어오면서 마땅히 갈 데가 없는 이분들에게 우리가
사는 신관사 옆에 있는 구관사를 개조해서 살게 해 드렸다. 수년
째 한 울안에 살게 된 연유다.

  만희 씨는 죽도에서 자기가 배 아파 낳지 않은 아들 다섯을 키

워 장가보냈다. 섬으로 흘러들어와 아이 다섯 달린 홀아비 시중을 들다 그냥 눌러앉은 만희 씨를 사람들은 멍청하다고 손가락질한다. 나와 동갑인 그에게 기구한 사연이 없을 리 없겠지만 묻지도, 말하지도 않아서 모르는 채 하고 지낸다.

만희 씨에게서는 언제나 쉰 냄새가 난다. 늘 땀에 절어있기 때문이다. 봄이면 산에 나는 각종 나물들, 쑥, 달래, 취, 고사리, 머위 등을 하루에도 몇 차대기씩 꺾어다 목포 시장에 내기도 하고, 삶아서 말리는 일을 철이 다 갈 때까지 한다. 여름에는 미역, 톳, 파래, 김을 매는 갯일이 기다리고 있다. 산에서 땔감으로 쓸 마른 나무를 한 짐씩 이고 오는 것도 그의 몫이다.

만희 씨의 삶은 일을 빼 놓고는 도무지 상상할 수 없다. 그러나 그이는 이런 자기 삶에 전혀 불평이 없다. 얼굴 한 번 찡그리는 것도 보지 못 했다. 일이 많아 고단한 날은 '좀 뻗친다'는 말로 자기 신세를 인정하는 정도다. 힘들다는 이 곳 사투리다.

밭농사를 짓지 않아 먹거리가 귀한 우리 집에 만희 씨는 부지런히 음식을 날라다 준다. 철 따라 밭에서 나는 여러 채소뿐 아니라, 방금 바다에서 잡아 올린 생선까지 종류도 다양하다. 생선은 어선을 가지고 있는 건너 마을에 사는 아들이 보내 준 것이다.

그러면서도 그이는 이런 일에 전혀 생색을 내지 않는다. 그러나 뭐니 뭐니 해도 만희 씨의 강점은 음식을 나눠 주는 '큰 손'에 있다. 반찬을 한 보시기 담아 오는데, 그것이 우리가 사나흘 먹을 분량이다. 그이가 주는 음식을 받을 때마다, 나의 작은 손이 부끄러워진다.

얼마 전, 만희 씨가 예전에 살던 죽도에 함께 가기로 했다. 아침을 먹고 댓돌에 앉았던 그는 슬리퍼만 갈아 신고 쓱쓱 걸어 나와 아무렇지도 않게 배에 올랐다. 옛날에 살던 집에서 뭔가 가져올 것이 있는 눈치였다.

마지막 주민이 떠나고 7년째 되는 섬은 길을 찾기도 힘들었다. 커다란 고무 다라이와 옛날에 쓰던 매트리스를 머리에 이고, 갈대가 덮인 산길을 내려오느라 땀으로 범벅이 된 만희 씨의 얼굴에 흡족한 미소가 번졌다.

주어진 삶의 모습과 그 무게에 아무런 이의를 달지 않는 만희 씨가 이제는 더 이상, 이상해 보이지 않는다. 아름답다.

만희 씨, 우리를 위해 하나님이 보내신 천사 아닐까?

만희 씨와 나
　　　　　섬에서의 고생스럽고 척박한 삶에 아무 이의를 달지 않고 사는 만희 씨
는 하나님이 보낸 천사 아닐까?

더 이상의 행복은 없다

섬에 살면서 제일 소중하고, 아껴 써야할 것이 물이다. 이곳에는 저수지나 수도 시설이 없다. 비가 오면 흐르는 노천수가 마을 중심에 있는 콘크리트로 만들어진 집수탱크로 흘러 들어간다. 집수탱크에 모아진 물은 펌프를 통해 각 집에 설치된 물탱크로 들어간다.

그래서 섬에는 집집마다 50드럼짜리 플라스틱 물탱크를 가지고 있다. 지금보다 열 배나 인구가 많았던 몇십 년 전에는 물탱크도 없었고 물도 부족하지 않았다고 한다. 그러던 것이 몇 년 사이에 집집마다 수세식 화장실과 세탁기를 갖추면서 물이 부족하게 된 것이다.

섬에는 생각보다 비가 많이 오지 않는다. 제일 높은 봉우리가 해발 87미터인 이 섬에 비구름을 가둘 높은 산이 없어서일까, 장마철이 되면 처음으로 물이 넘친다. 샘이 터졌다고 한다. 집집마다 부지런히 탱크를 채운다. 가을과 겨울의 갈수기로 접어들면 이 때부터는 정말 비를 만나기가 어렵다.

눈도 내리지 않는 겨울을 지내고, 봄비가 흠씬 내려 샘이 터질 때도 있지만, 그렇지 않은 경우에는 다시 여름까지 기다려야 한다.

작년 가을부터 우리는 물 기근에 들어갔다. 세숫물도 통에 받았다가 허드렛물과 변기에 사용했다. 그런데 감사하게도 마시는 물은 사정이 다르다. 선착장을 돌아서 산길로 오리 쯤 가면 산 중턱에 오래 전에 파 놓은 깊은 우물이 있다. 콘크리트로 둘러싼 우물벽의 지름이 3미터는 된다. 깊이도 10미터가 넘는다.

사용 안 한지 꽤 오래된 우물을 3년 전 남편과 함께 청소했다. 양수기를 돌려 고여 있던 물을 퍼내는데 이틀이 걸렸다. 지하에서 흐르는 맑은 물이 우물 바닥의 바위틈에서 퐁퐁 솟아나는 게 보였다. 우물 아귀가 너무 넓어 뚜껑 만들 엄두를 못 내고 대신 어장에서 사용하는 새우 잡이 그물로 덮어 놓았다.

이제는 섬을 찾아오는 모든 손님을 모시고 방문하는 코스가 되었다. 그 우물에 미국에서 온 작은시누이가 이름을 지어 주었다.

그래서 '리브가의 우물'이 되었다. 두레박으로 퍼 올린 달고, 찬물로 목을 축이면 땀이 쏙 들어가고, 폐부까지 시원하다.

같은 섬인데도 면사무소가 있는 도초도는 물 사정이 전혀 다르다. 주일, 예배를 드리기 위해 배를 타고 나가 논밭을 따라 잘 정비된 수로에 출렁대는 물길을 보는 것만으로도 마음이 넉넉해진다. 산이 높아서인지 사철 관계없이 수로에 물이 철철 넘친다.

산꼭대기에 있는 저수지에서 내려오는 식수 역시 풍성하고, 수질도 최고다. 주의보가 내려 도초도 여관에 머무는 날은 목욕하는 날이다. 욕조에 물을 받고 몸을 담그면, 더 이상의 행복은 없다.

리브가 우물

　　　우리는 사철 달고 시원한 생수를 길어다 먹는 이 우물을 '리브가 우물'이
라고 이름 지었다.

집에 가는 사람, 관광 가는 사람

섬에 사는 사람의 발은 두 말할 것 없이 배다. 우리가 이 섬에 이주해 올 때만 해도 목포와 우이도를 왕래하는 여객선은 '신해 3호'라는 70톤급 소형선이었다.

서울서 목포까지 차로 싣고 온 크고 작은 이삿짐들을 남편과 내가 배낭에 지고, 양손에 들고 신해 3호에 싣고 섬으로 들어 왔다. 그러던 것이 승용차를 열 대쯤 실을 수 있는 170여 톤이 되는 카페리 여객선 '섬사랑 6호'가 진수되어 운항하게 되었다. 그래서 짐이 많을 때는 차에 실은 채 배를 타고 섬까지 들어올 수 있다. 몇 년 사이에 격세지감을 느낀다.

이 여객선 섬사랑 6호의 시발점이 도초항이다. 배는 도초항에서 새벽에 출발해 인근 먼바다 섬 주민들을 태우고 목포로 가서 내려준다. 그런 다음 다시 섬으로 들어가는 주민들을 태우고 목포를 출발해 섬을 한 바퀴 돌며 주민들을 내려놓고 도초항에 들어와 비로소 하루의 고된 일정을 마친다.

이 배의 객실은 일층과 이층에 있다. 보통 여객전용 쾌속선은 객실이 의자로 되어 있지만, 카페리 여객선은 넓은 방으로 꾸며져 있다. 이 방은 한 사람씩 앉는 의자와는 달리 융통성이 있어서 사람이 적으면 적은 대로 널찍하게, 많으면 좁혀가면서 부담 없이 둘러앉아 숱한 얘깃거리를 만들어 내는 곳이기도 하다.

몇 년 동안 배를 타면서 한 가지 재미있는 공통점을 발견했다. 집으로 들어가는, 섬에 사는 사람들은 절대로 전망 있는 이층 객실에 가지 않는다는 사실이다. 배에 올라타면 이층은 눈길도 안 주고, 곧 바로 아래층 객실로 들어간다.

아는 사람들을 만나면 퍼질러 앉아 얘기꽃을 피우고, 보자기를 풀어 뭍에서 사온 간식을 나눠 먹는다. 처음에는 시장터처럼 웅성웅성 하다가 얼마 지나지 않아 가방이나 벗은 옷을 베게 삼아 깊은 잠에 빠진다.

관광객으로 배를 탄 사람들은 배에 올라 잠시 두리번거리다 예외 없이 이층으로 올라간다. 우선 전망이 좋다. 방에 앉아 있어도 그렇고, 후갑판 선상 의자에 앉아서 망원경도 눈에 대 보고,

갑판 위를 이리 저리 돌아다니며 카메라도 열심히 눌러댄다. 그러다 갑자기 배가 요동이라도 치면 깜짝 놀라서 얼른 선실로 뛰어든다. 배를 타고 가다 어떤 상황이 벌어질지 몰라 경치에 감탄하면서도 은근히 불안한 눈치다.

한편, 아래층 객실에 있는, 집에 가는 사람들을 보라. 파도가 세면 셀수록 코까지 골며 자고 있다. 얼굴은 태평이다. 별 이유는 없다. 집에 가는 바닷길을 훤히 알기 때문이다.

그래서 두리번거리고 내다볼 일도 없다. 자기 집에 도착할 즈음이 되면 귀신같이 일어나서 짐을 챙겨 내릴 준비를 한다.

인생의 거친 바다를 항해하는 우리들도, 마지막 집에 도착할 때쯤엔 벌떡 일어나 정신을 차리고 내릴 준비를 할 수 있을까?

배에 타자마자 널찍하게 자리를 잡고 잠을 자는 섬 주민들

방으로 된 여객
선 객실은 배를 타고 다니느라 피곤한 섬 주민들이 쉬기에 딱 좋은 곳이다. 겨울에는
따뜻한 바닥에 등을 지지며 한숨 푹 잘 수 있어 좋다.

나무 시집 보내기

생활연료가 연탄이나 가스로 교체되면서, 민둥산이었던 우리나라 산들이 울창한 산림으로 바뀌어진 것은 가슴 뿌듯한 일이다. 그런데 섬은 여기서도 예외다.

　5년 여 전까지만 해도 집집마다 나무를 땠다. 당연히 산에 나무가 자랄 수 없었다. 그러던 것이 몇 년 사이에 기름보일러가 들어왔다. 어선에서 사용하는 면세유(디젤유)를 얻어 땔 수 있었기 때문이다. 그런데 지금은 그 면세유를 구하기도 힘들어졌다. 취사용 연료는 프로판 가스를 사용한다. 편리하기 때문이다.

　우리 부부가 섬에 들어와 주력하는 것 중 하나가 나무 심기다. 뭍에 살 때는 나무는 식목일에나 심는 것으로 알았고, 실제로 식목일에도 나무 심을 기회는 별로 없었다.

처음 두 해 동안은 다양한 수종을 조금씩 심으면서 시험 기간으로 삼았다. 황금색의 열매가 열리는, 목포의 시목(市木) 비파나무와 상록수인 후박, 편백, 황칠, 구실잣밤나무 등이 그것이다. 종려나무와 꽃이 예쁜 노각나무는 1년도 못 견디고 죽었다. 시행착오도 있었다.

오래 묵어서 갈대와 칡으로 완전히 뒤덮인 밭을 뭍에서 포클레인을 들여와 갈아엎은 것이 오히려 화근이 되었다. 검은 흙이 드러난 너른 밭은 보기에는 좋았다. 그런데 공들여 심은 나무들이 채 뿌리를 내리기도 전에, 섬에 돌아다니는 방목 염소들이 껍질을 다 벗겨 먹었다.

염소란 놈이 너른 공터를 좋아하고, 어린 나무껍질을 좋아한다는 걸 몰랐다. 껍질이 벗겨진 나무는 십중팔구 죽지 않으면 병신으로 자라게 된다. 지금도 구부러진 채 비실비실 자라는 편백나무를 볼 때마다 마음이 아프다.

재작년부터는 본격적으로 나무 심기를 시작했다. 매화 100주를 봄에 심고, 매화나무 사이에 전남 장성 축령산에 있는 편백 조림지에서 어린 편백 묘목 700주를 얻어다 심었다. 염소가 넘어오지 않는 양지바르고 비옥한 밭이었다. 가을에는 젓가락만한 1년생 묘목, 메타세쿼이아도 300주를 심었다. 심었다기보다는 그냥 꽂아놨다고 해야 할 것이다.

그동안의 마음고생을 보상해 주려는 듯, 이곳에 심은 편백과 세쿼이아와 매화가 다 잘 자라고 있다. 매화는 80주가 살아 있고 심은 지 2년만에 꽃망울 달린 놈이 30여주 가까이 됐다. 올 여름에는 적으나마 열매를 기대할 수 있을 것 같다.

작년 12월부터는 1미터 가까이 자란 편백과 세쿼이아를 섬 곳곳에 옮겨 심고 있다. 뿌리가 상하지 않게 깊게 파내서 비닐봉지에 흙 채 옮겨 담아 남편이 지게로 운반했다. 사람 키보다 높은 마른 갈대와, 땅바닥에 고속도로처럼 깔린 칡을 낫으로 치우고 구덩이를 깊게 파 정성들여 심어 줬다.

나무를 옮겨 심는 기분은 금지옥엽 같이 키운 딸을 시집보내는 엄마의 심정이다. 같은 섬이지만 토질도 다르고, 바람도 다르다. 양지바른 곳에서 바람 없이 자란 나무들이 북풍을 받으며 갈대에 눌리고 칡넝쿨에 치이지 않을까 마음이 쓰인다.

나무는 자란다
　　　　　남편과 함께 섬 곳곳에 옮겨 심은 어린 편백이 이 만큼 자라 작은 숲
과 쉴 만한 그늘을 만들었다.

고단한 세월을 살았어라

박 할머니, 금년 들어 우리 나이로 91세, 만으로 90세가 된다. 우리 섬에서 제일 고령이시다. 우리 부부가 오랜만에 며칠간 뭍에 나간 그 사이 편찮아서 입원하러 뭍에 나가셨다고 한다.

일주일 전 우리가 나갈 때 잘 다녀오라고 선착장까지 나와 배웅을 해 주셨는데…. 목포 사는 큰아들에게 전화 했더니 벌써 요양병원으로 모셨다고 했다.

큰며느리가 모시겠다고 했지만 다른 아들들이 만류하여 그렇게 결정을 내렸다고 했다. 박 할머니는 평소 혈압이 약간 높은 것 외에는 큰 병이 없으시고, 무엇보다 식사를 잘 하셨다. 집과 붙어있는 500평 가까운 경사진 텃밭에 계절 따라 씨를 뿌리고, 지심

매고('김맨다'는 이곳 말) 손수 농약까지 치며 각종 채소와 콩류를 길렀다. 거기서 나오는 수확 중 자식들에게 보내고 남은 것은 집집마다 몫을 지어 비닐봉지에 넣어서 나누어 주신다. 우리도 깐 마늘과 강낭콩을 해마다 얻어먹었다.

할머니의 고향은 면사무소가 있는 큰 섬 도초도로 우이도에는 19세 때 시집오셨다. 거기서 이 작은 섬으로 시집오기 쉽지 않았을 것이다. 할머니가 시집온 시댁은 당시 이 동네에서는 제일 잘사는 집이었다. 밭농사가 많아 머슴을 둘이나 부리는 집이었다고 지금도 자랑하신다. 아마 젊은 시절은 남부러울 것 없이 사셨을 것이다. 그러다가 남편이 일찍 먼저 가고 혼자 몸으로 다섯 자식을 키우느라 고생이 시작되었을 것이다. 자식들은 자라서 다 출가해 뭍으로 나갔지만 할머니는 남편과 살던 옛집과 무덤을 지키며 어느 자녀에게도 몸을 맡기지 않으셨다. 젊은 날의 고운 모습은 온데간데 없어지고, 한 쪽 눈마저 안질로 실명하게 되자 사는 것이 부끄럽게 느껴졌다. 누가 나이를 물으면 제일 싫어했고, 심지어는 당신의 나이를 모른다고 하셨다. 그리고 쉴 새 없이 일하는 것으로 세월을 잊으셨다.

유난히 작은 키에 기역자로 고부라진 허리를 겨우 펴서 갯가 바위에 달라붙어 꿀(여기서는 굴을 이렇게 부른다)을 따고, 바우옷을 매는 모습이 나에게 각인된 할머니의 일상이다. 굴이라야 어른 새끼 손톱만한 크기인데 할머니 실력으로는 하루 종일 한 종지 따기도 힘들다. 그걸 팔아드리면(오천 원) 그렇게 흡족해 하셨다. 당신의 힘으로 헌금을 할 수 있어서다. 할머니는 날마다 새벽기도에 오신다. 20년 전에는 망치로 교회 종을 치셨다고 한다. 나는 늘 내 앞자리에 앉으시기에 그 분의 기도를 듣는다.

"하나님, 지가 고단한 세월을 너무 많이 살았어라. 이 늙은 몸 가누기도 힘든 걸 다 아시지라? 이자 고만 데려가 주시면 안 되겠어라? 부탁드리겠어라."

이런 기도를 하고 분연히 일어나서는 손바닥을 두 번 딱 딱 치시고, 큰 소리로 찬송을 부르며 교회 아래에 있는 집으로 내려가신다. 동네 사람들 얘기로는 풍으로 반신이 마비되고 의식이 들락날락 한다고 얼마 못 사실 거라고 했다. 아무래도 다시 돌아오기는 힘든 섬 집을 떠나신지 열흘째 되는 날, 병원으로 찾아가 뵈었다. 간병인들이 할머니가 식사를 하지 않는다고 걱정이 많다.

주사기로 목에 미음을 넣어 드리는 것도 힘들어 이제는 코에 호스를 꽂아 미음을 공급해야겠다고 했다. 기도를 해 드렸더니 내 손을 꼭 잡고 감긴 눈에서 눈물이 주르르 흘러내렸다. 매일 새벽기도 때마다 자식들에게 신세지지 않고 고통 없이 가게 해 달라고 기도 하시던 음성이 꼭 잡은 손을 통해 전해왔다.

박 할머니, 이제 90평생의 수고와 고단함을 다 뒤로 하시고, 늘 기도하셨듯이 하나님 품에 어서 안기십시오.

박양진 할머니 생전의 모습

　　　　　　　　　고단한 세월을 너무 많이 살았다고, 이제 세상 밥은 그
만 먹게 해 달라고 날마다 씩씩하게 기도하시던 박 할머니. 할머니는 소원하신 대로 하
늘나라에 가셨다.

염소 그물 치기

우리 섬에서 가축으로 키우며 적잖은 수입원이 되는 동물이 염소
다. 매 놓고 키우던 염소가 줄을 끊고 집 울타리를 벗어나게 되면
, 산을 돌아다니며 자라는 방목 염소가 된다. 이런 때를 우려해
새끼를 낳으면 귀를 자른다든지 해서 각 집에서 표시를 한다.

그러나 오래 전 집을 떠난 놈이 새끼를 낳다보면 산에서 자라는
염소의 진짜 주인을 찾기란 쉽지 않다. 이런 일로 주민들 간에 종
종 분쟁이 일어난다.

마음껏 산으로 돌아다니며 싱싱한 풀과 온갖 약초를 뜯어먹고
자라는 흑염소를 약염소라 해서 뭍에서는 비싸게 거래된다. 그러
나 땅을 파헤치며 나무 뿌리까지 닥치는 대로 뜯어먹고, 지독한

냄새의 배설물을 흘리고 다니는 염소는 환경을 오염시키는 대표적인 동물이기도 하다.

염소는 운동장 같은 너른 밭을 좋아하고 겨울에는 나무줄기를 벗겨 먹거나 어린 나무는 뿌리까지 뽑아 통째 씹어 먹기도 한다. 이 사실을 몰랐던 우리가 섬에 들어와 포클레인으로 묵은 밭을 엎어 너른 공터를 만들고 여기에 묘목을 심었다가 여러 차례 낭패를 당했다. 줄기가 벗겨진 나무는 십중팔구 살아남지 못 하고 살아남더라도 기형으로 자란다.

다행히 우리가 구입한 밭 중, 남쪽에 있는 마세 밭은 염소가 넘어오지 않아 매화 비파 후박 황칠나무가 잘 자라고 있고 내년에는 풍성한 열매를 기다리고 있다. 집에서 2킬로미터 쯤 떨어진 우물이 있는 골짜기에 2천 평 가량의 떨밭이라 부르는 밭이 있다. 북향이어서 겨울에는 맞바람을 받는 곳이다.

작년 가을, 마세에서 1년 반을 키워 1미터 넘게 자란 사철나무 편백과 메타세쿼이아 묘목 200주를 떨밭으로 옮겨 심었다. 남편이 일일이 구덩이를 파고 나무와 흙을 비닐에 담아 지게로 져다 정성들여 심었다. 얼마 후 가보니 염소가 들어와 줄기를 다 벗겨 먹었고 나무는 시들시들 죽어가고 있었다.

1년이 지난 지금, 그 때 심었던 나무들은 다 말라 죽고, 줄기에는 칡넝쿨이 칭칭 감긴 흉한 모습만 남아있다.

그동안 남편과 내가 이심전심으로 품었던 생각을 지난 주 드디어 실행하기로 했다. 염소가 올라오는 떨밭 해변가 경계 언덕에 그물을 치기로 한 것이다. 300미터가 족히 된다.

준비해 간 나무 말뚝과 쇠 말뚝을 5미터 간격으로 박고, 그물을 말뚝의 바깥쪽과 안쪽으로 번갈아 묶어 바람에 날리지 않게 했다. 1미터 높이로 늘어뜨린 이중 나이론 그물은 몇 가지 효과가 있다. 만약 미련한 염소가 있어 그물에 대가리를 들이민다면 뿔이 그물에 걸려 뒤엉키면서 그물과 하나가 되어 잡히고 만다. 이걸 아는 영리한 놈은 아예 그물이 쳐 있는 걸 보기만 해도 근처에 다가올 생각을 않는다. 시각적 효과를 노리는 셈이다.

찬바람 속에 그물을 치고 산등성이에서 내려다보니 울타리를 두른 밭이 한결 아늑했다. 그리고 이제는 마음 놓고 나무를 심어도 된다며 좋아하는 남편의 모습 또한 보기 좋았다.

숲의 무법자가 된 방목 염소

우리가 심은 어린 묘목의 줄기를 다 벗겨 먹어 나무
를 고사시킨 장본인, 섬의 무법자가 된 야생 염소가 정말 얄밉다.

굴 좆는 할머니들

가을걷이가 끝나고 이듬 해 봄나물이 나올 때까지, 갯바위에 자라는 굴은 할머니들의 또 다른 수입원이 된다. 초가을이 되면서 갯가 바위에 다닥다닥 붙은 하얀 굴 딱지 속에 부드러운 살이 들기 시작한다.

그 걸 바라보는 할머니들의 눈길이 빛나고 입에는 흐뭇한 미소가 흐른다. 자연산 굴의 알맹이는 유난히 작다. 어른 새끼 손톱만하면 꽉 차게 자란 것이다.

이곳에서는 굴은 '좆는다'고 한다. 굴을 '조새'라는 기구로 콕 콕 좆아서 뽑아내기 때문이다. 그래서 기구의 이름도 말 그대로 조새다.

조새는 손잡이 역할을 하는 10센티미터 길이의 나무를 중심으로, 한 쪽은 물음표 모양으로 구부린 쇠로 단단한 굴 껍질을 벗기는데 사용하고, 반대편은 기역자로 가늘고 길게 만들어 굴 알맹이를 끄집어내는 데 쓴다.

할머니들은 간조 때 물이 빠진 갯가의 울퉁불퉁한 바위에 아슬아슬하게 발을 딛고 서서 갯바위나 선착장 옹벽에 붙은 굴을 쫓는다. 한 손에 주전자를 들고 조새를 쉴 새 없이 돌려가며 굴을 쫓는 모습을 보면 그 민첩함에 혀를 내두르지 않을 수 없다.

이 섬에서 굴 쫓는데 가장 베테랑인 76세의 윤 할머니는 한 종지에 5천원 받는 굴을 물이 빠진 서너 시간 사이, 세 종지 이상 쫓는다. 굴 껍질과 모래가 섞인 굴은 다시 갯물에 수십 차례 잘 헹궈 일어야 한다. 우리 섬에서 제일 깔끔한 윤 할머니가 가져오신 굴에는 잔 껍질이 하나 없다. 이렇게 쫓은 굴은 알음알음으로 가까운 섬 도초 식당에도 나가고 멀리는 목포 식당에도 가 뭍에서 온 손님들의 상에 오른다.

지난 주, 우리 집에 손주들이 와 있다고 윤 할머니와 85세의 문 할머니가 굴을 가져 오셨다. 몇 시간씩 찬 바닷바람을 맞으며 굴 쫓는 것을 보는 우리는 굴이 얼마나 귀한 선물인지 안다. 미안하다고 돈을 드리면 화를 내신다. 그냥 받아서 고맙게 먹는 게 감사의 표시다.

손주들은 새끼 손톱만한 굴을 손으로 집어 먹는다. 밀가루와 계란을 입혀 노릇노릇 지졌더니 맛있다고 잘 먹는다. 굴밥도 하고 굴을 넣어 떡국도 끓였다.

굴이 나오는 가을철에 우리도 뭍에 나갈 때는 할머니들께 미리 부탁해 굴을 몇 종지 사 가지고 가 선물한다. 바닷물 채 냉장고에 넣어두면 3주 이상 딸싹 없다. 상하지 않는다.

이런 굴을 먹다보니 이제 시장에서 파는 양식한 희멀겋게 큰 굴을 보면 맛은 고사하고 시각적으로 징그러운 생각이 든다.

엊그제, 우이도에 사는 사위가 조새를 새로 만들어 보내 줬다고 윤 할머니가 자랑을 하신다. 손잡이 부분에 빨간색 페인트를 칠하고 미끄럽지 말라고 골도 여러 개 냈다.

샘이 난 내가 윤 할머니께 "저도 하나 만들어 달라고 해 주세요. 저도 이제 제 손으로 좆아서 먹을래요." 라며 농담을 했더니 들은 척도 않는 윤 할머니, 어림없다는 표정이다.

섬에서 굴 좇는 조새

　　　　　　겨울, 갯가 바위에 붙어 자라는 자연산 굴을 채취하는 기구 '조
새'다. 할머니들은 용도가 다른 양쪽 날을 연신 돌려가며 손톱 만한 굴을 익숙하게 딴
다.

자연은 말이 없다

서 남해 먼바다 초입에 위치한 우이도의 부속 섬, 우리가 사는 동
소 우이도에도 태안반도의 타르가 내려왔음을 지난 주 확인했다.
남편은 바로 도초 면사무소에 신고하고 우이도 출장소에는 자원
봉사자를 보내 줄 것을 요청했다.

이 섬에는 모래사장이 네 군데 있다. 우리가 사는 학교 바로 아
래에서 선착장까지 넓이 40미터 가량은 지난 몇 년 사이 모래가
씻겨 나가 이제는 자갈 해변이 되었다.

교회가 있는 남쪽 무등골 앞 50미터 가량의 모래사장, 언덕 넘
어 마세장불이라고 부르는 200여 미터가 넘는 모래사장, 반대편
방향에 북쪽으로 열려 있는 모래기미 해변, 그리고 동북 방향이

지만 섬 안쪽으로 깊이 들어와 있는 은산기미 모래사장이 있다.

그중 모래기미는 평소에도 바다 쓰레기들이 떠밀려오는 곳인데, 이곳에 타르가 흘러들어와 쓰레기와 한덩어리가 되어 엉겨있었다. 해변을 한 바퀴 돌고 온 남편이 고개를 절레절레 흔든다. 그나마 다행인 것은 가장 넓고 아름다운 마세해변과 은산기미해변(남편은 이곳을 우리 가족해변이라고 부른다.)에서는 타르를 볼 수 없는 것이었다. 학교 아래 해변 자갈에도 타르가 묻어있고, 무등골의 모래사장에는 크게는 아이들 손바닥 만하고 작게는 바둑알만한 타르가 멀리서도 보였다.

자원봉사자가 올 때 까지 손 놓고 기다릴 수 없었다. 태안반도의 봉사자들 같이 완전 무장 할 수는 없지만, 비닐 포대와 신문지 헝겊, 빗자루와 쓰레받기 등을 챙겨서 남편과 무등골 모래사장으로 내려갔다. 햇볕이 따스한 모래밭에는 타르가 벌써 반짝이며 녹기 시작했다.

이렇게 녹아서 모래 속으로 숨어들어간 타르는 절대 없어지지 않는다. 올 여름 손주들이 와서 뛰어 놀 때 손발과 몸에 묻고, 옷에도 묻어 지워지지 않고 집안 방바닥에도, 이불에도 묻게 될 것이다.

타르를 집어내는 데는 숟갈이 제격이었다. 녹고 있는 타르를 모래채 깊게 떠 대야에 담았다. 한 덩어리라도 모래에 묻혀 버릴까

봐 조바심을 치느라 허리 아픈 줄도 몰랐다. 갯가 바위에는 이미 덩어리가 녹아 들어가 돌을 들춰내며 닦아야 했다. 집 앞 자갈밭에서는 조금이라도 타르가 묻은 자갈은 모두 밖으로 집어 던졌다.

엊그제, 도초에서 출발한 일곱 명의 자원봉사자가 배를 타고 도착했다. 모래기미의 산더미 같은 쓰레기들, 폐그물 밧줄 스티로폼 페트병에 엉겨 붙은 타르 덩어리를 한데 모아 일부는 수거해 가고, 일부는 현장에서 태웠다. 남편과 함께 여덟 명의 장정들이 한나절 수고했다.

우선 발등의 불은 껐다지만 또 언제 타르가 밀려올지 몰라 긴장된다.

우리 섬은 먼 바다 청정지역으로 미역, 김, 톳, 굴 등이 맛있다고 소문난 곳이다. 이 환경 재난에 아무 관심이 없는 우리 섬 할머니들은 올해 채취할 갯것들에 대해서도 아무 염려가 없다.

사리가 두어 번 지나면 다시 여전한 바다로 돌아올 것으로 알고 있다. 말이 없는 자연, 앞으로 우리들이 받을 급부로 말할 것이다.

해변에 밀려온 쓰레기들

　　　　　　　　자연은 말이 없다고 우리는 너무 함부로 대한다. 해변에
밀려오는 엄청난 쓰레기들을 볼 때 마다 자연에 대한 미안함으로 마음이 아프다.

감 말리기

볕이 좋고 공기가 맑은 섬에서는 뭐든지 말려서 갈무리하기가 좋다. 봄에는 쑥을 말려 가루로 저장해 쑥떡을 만들어 먹고, 고사리, 머윗대, 취를 삶아 말려 두면 일 년 내내 좋은 반찬이 된다. 생선이 흔한 여름에는 펄떡거리는 살아있는 고기를 손질해서 바로 소금 살살 뿌려 널어 말린다.

생선 말리는 데는 한여름보다 파리가 붙지 않는 봄이나, 바람이 솔솔 부는 가을이 더 좋다. 이렇게 꾸덕꾸덕하게 말린 생선은 양념해 김을 올려 찌거나, 기름에 튀기거나, 간장에 졸이거나 어떻게 요리를 해도 고깃살이 쫀득쫀득하고 오돌오돌해 맛있다.

우리 섬에서 쉽게 구할 수 있는 생선은 아구, 간재미, 우럭, 병어, 장어, 삼치 등이다. 적당히 말려 냉동실에 넣었다 귀한 손님이 오면 대접한다.

갯가 바위에 자라는 미역과 김도 한여름 볕에 말리고 톳과 파래, 그리고 된장찌개에 넣어 먹는 가사리도 말려 갈무리한다.

우리 부부가 개발한 것도 있다. 출석하는 교회의 농사짓는 교인 여럿이 우리에게 쌀을 주었다. 현미를 섞어 먹는 우리에게는 넘치는 양이었다. 햅쌀을 도초 방앗간에서 가래떡으로 뽑아 떡국 떡으로 썰어왔다. 동네 할머니들에게 나눠 드리고도 남았다.

냉동실에 넣지 말고 볕에 말려 보관해 보자는 남편의 말에 마당에 자리를 깔고 흰떡을 며칠 말렸다. 고들고들해진 떡을 여러 봉지에 나눠 담아 놓았다. 냉장고에 넣을 필요가 없었다. 전복 사촌인 배말(삿갓 조개)도 삶아서 볕에 말려 보았다. 쫄깃쫄깃한 것이, 마치 건포도 같다.

가을이면 집집마다 수확한 햇무로 무말랭이를 만드는데 볕 좋고 바람 잘 통하는 경사진 선착장 바닥에다 말린다. 물기는 줄어들고 당도는 높아지는 새들새들한 무를 오가며 집어 먹는 재미가 쏠쏠하다.

가을에 시골 사는 사촌형이 보내 준 감도 썰어 말렸다. 감을 껍질 채 1센티미터 두께로 가로 썰기 해 뒤집어 가며 말린다. 지금 같은 한겨울에 좋은 간식거리가 된다. 작년 12월, 목사님 부부와 교인 몇 분이 객선을 타고 심방을 오셨다.

멸치로 낸 국물에 섬에서 좇은 자연산 굴을 넣고, 말려 두었던 떡으로 떡국을 끓여 점심을 대접했다. 떡이 호물거리지 않고 유난히 존득거린다는 얘기를 들으며 남편과 나는 눈을 맞추고 회심의 미소를 지었다. 간식으로는 말린 감을 내놨다. 입맛을 다시며 모두들 맛있게 든다.

먼 뱃길로 심방 와 준 목사님과 교인들께 햇볕에 말린 무말랭이와 고사리 한 봉지와 돌미역 한 가닥씩을 선물로 드렸다. 돌아가는 배를 타면서 모두들 입이 귀 밑에 걸린다.

말리고 있는 갑오징어

해풍과 태양 볕 아래서는 무얼 말려도 맛있다. 생선을 낚시
바늘에 꿰어 생선을 널면 바람에 빙글빙글 돌며 파리가 붙지 않아 제격이다. 주낙으로
잡은 갑오징어가 잘 마르고 있다.

매화밭

섬으로 이주한 후, 많은 분들이 도대체 섬에서 뭘 하냐고 묻는다. 그럼 '그냥 산다'고 대답한다. 그래도 뭘 하며 사느냐고 다그치면 논밭 일은 안 하고 묵은 밭을 일궈 그곳에 나무 심는 일을 한다고 말한다. 그러면 대개 고개를 갸우뚱 하며 나무를 심어서 수입이 되냐고 솔직하게 묻는 분도 있다.

소나무가 주종인 섬 야산에서 가장 보기 흉한 모습이 경작하다가 손을 놓은 지 오래 된 묵은 밭이다. 사람 키가 넘는 억센 갈대와 쑥, 그리고 고가도로 같이 깔린 칡넝쿨만 무성한, 그야말로 쑥대밭이다. 우리는 이런 밭을 몇 군데 사서 나무를 심기 시작했다.

섬에 들어온 다음 해에 심은 젓가락 만한 일 년생 나무 묘목들이 4년이 되자 제법 아이들 키만큼 자랐다. 작년 가을부터는 나무들을 종류별로 밭 이곳저곳 옮겨 심는 작업을 시작했다.

상록 교목인 편백과 낙우송인 메타세퀘이아는 40미터, 후박은 20미터까지 자란다고 한다. 우리가 심은 나무가 해변을 내려다보며 하늘을 찌르듯이 서 있는 모습을 상상하면 가슴이 떨린다. 그 때 그 곳에 우리 부부가 없을지라도 말이다.

심은 지 5년 된 비파나무가 재작년 11월, 세 나무에 처음으로 진주 브로치 같은 아이보리색 꽃망울을 달았다. 향기가 독특했다. 진하면서도 품격이 느껴지는 향수 냄새다.

섬에 사는 작은 벌들이 붙은 덕분에 이듬해 5월 열매를 열었다. 살구만한 황금색 열매가 한 송이에 7-8개씩 달렸다. 과육을 까먹으며 얼마나 뿌듯했는지 모른다. 전라도 말로 '오지다'는 말을 이런 때 쓴다.

작년 가을에는 비파 여섯 나무에 꽃이 피었다. 근처에 향내가 진동한다. 이제 수분이 끝나고, 올 여름 열매 달기를 기다리고 있다. 섬 할머니들께 올해는 비파 맛을 보여드리겠다고 장담했던 터다.

3년 전에는 마세해변 위 묵은 밭을 개간해 매화나무 묘목 100주를 심었다. 그 중 83주가 살았다. 작년 봄, 유휴지 개발 사업의 일환으로 산림청에서 무상으로 제공하는 매화나무 묘목 200주를 심었다. 마침 남편이 암 수술로 입원 중이라 혼자 심어서인지 40퍼센트 정도가 말라 죽어버렸다.

작년, 처음으로 매화나무 몇 그루에서 듬성듬성 꽃이 피었다. 너무 일찍 꽃이 피어 수분할 벌 나비가 없어서인지 그 중 세 그루에서 매실 열네 개가 처음으로 열렸다.

올 해는 40여 주에 꽃망울이 다닥다닥 달렸다. 촘촘히 달린 꽃망울을 하나씩 건너 손으로 따 주고 있다. 더 큰 열매를 얻기 위해서다. 겨울에 피는 매화꽃이 열매가 되기 위해서는 수분할 벌이 있어야 한다. 2월에는 뭍에 나가 벌통을 사다 놓겠다고 남편이 여기 저기 알아본다. 올 해는 잘 하면 매실 수확으로 수입을 좀 얻을 수 있을까? 꿀은 그냥 얻어먹고…. 기대된다.

매화가 만발한 우리 매실밭

　　　　　　　　　내가 이렇게 만발한 매화 밭의 주인공이 될 줄은 몰랐
다. 축복이다.

할머니들의 뒤풀이

열다섯 명 섬 주민 중 작년에 두 분이 돌아가셨다. 그래서 몸이 안 좋아 뭍의 자식 집에 나가 계시는 두 분을 제외하고 일곱 가정, 열한 명이 이 섬을 지키고 있다.

보통 구정과 추석, 양 명절에는 뭍에서 자녀들과 손주들이 섬으로 부모님과 할머니 할아버지를 뵈러온다. 올 1,2월은 유난히 바람이 불고 추워서 이삼 일 건너 한 번씩 주의보가 내렸다. 그래선지 지난 주 설에는 자녀들이 많이 들어오지 못 했다. 세 집의 자식들이 아이들을 데리고 들어왔다. 윤 할머니와 문 할머니, 그리고 우리 집 큰애 가족이다.

윤 할머니네는 일곱 남매 중 큰아들 내외와 둘째아들, 그리고 손주들 다섯이 들어와 모두 여덟 명이 왔다. 문 할머니네는 8남매 중 셋째아들 내외가 애들을 데리고 대표로 왔다. 우리 집도 큰아들 내외와 손주 셋이 경남 진해에서 출발해 들어왔다.

길어야 이삼 일이지만, 이 기간은 나를 포함해 섬 할머니들에게 일 년 중 가장 행복한 시간임에 틀림없다. 그동안 갈무리해 놓았던 재료들을 꺼내 갖은 솜씨를 부려 맛있는 음식을 만들어 먹인다.

연휴 마지막 날인 금요일에 두 집의 자식들과 손주들 열두 명이 나가고, 토요일에는 우리 집 큰아이 가족이 세 밤을 자고 떠났다. 새벽부터 희끗희끗 눈발이 날리는 선뜩한 날씨에 아침 배가 닿는 시간이 마침 8물 간조시간이라, 바위가 울퉁불퉁하고 경사진 옛날 갯바위 선착장으로 배가 닿았다.

선착장으로 끌고 가는 짐수레에 탄 아이들은 즐겁기만 하다. 짐수레에 나란히 앉아 발을 흔들며 신이 났다. 그러나 막상 아이들을 안아 배에 실어 주고 할머니 할아버지가 손을 흔들자 여섯 살짜리 손자가 울음을 터뜨리고, 이제 두 살 먹은 막내는 엄마 품에서 할아버지를 손가락으로 가리키며 울어 제낀다. 저희 딴에도 꽤 서운했던가 보다.

그 날 점심 때, 뱃머리 앞에 사는 문 할머니가 섬 식구들을 초대했다. 평소의 반찬 한두 가지 놓고 드는 밥상이 아니다. 돼지 머리 고기에서부터 병어찜 잡채, 시금치와 콩나물, 고사리나물과 미역국까지 상다리가 휘어진다.

자식들이 들어오지 않은 할머니들은 미안한지 "내가 애들 오지 말라고 신신당부 했어라." 하신다. 할머니들은 자식들이 다녀간 얘기를 주고받으며 자식들에게는 하지 못했던 여기 저기 몸 아픈 얘기를 털어 놓는다.

평소에는 기름 아끼느라 보일러를 거의 틀지 않고 사는 할머니들이 며칠 간 방을 뜨끈뜨끈하게 하느라 기름을 한 드럼은 썼을 거라고 이구동성 얘기한다. 한 드럼이면 할머니들이 일 년 간 쓸 수 있는 양이다. 할머니들은 다시 전기장판을 깐 방에서, 반찬 한두 가지로 때울 것이다.

전화가 오면 자식을 안심시킨다.

" 나는 암시렁도 안 해야. 느그들이나 건강해야. "

들고나는 손님으로 분주한 선착장

　　　　　　　　　　　　　　자식들과 손주들이 섬에 들어와 함께 하는 짧
은 시간은 우리에게 가장 행복한 기간이다. 들고나는 기쁨, 행복 또 허전함, 이 모든
게 선착장을 통해 이뤄진다.

뱃머리

섬은 뭍과 달리 드나들 수 있는 입구와 출구가 하나뿐이다. 배가 들고날 때 접안하는 바다 쪽으로 삐져나온 부분을 선착장 또는 뱃머리라 부른다. 배의 앞부분을 이물 또는 뱃머리라 하는데 그 부분이 와 닿는 곳이라는 의미일 것이다. 물론 사람을 실어 나르는 여객선이 아닌 작은 배, 선외기(船外機, 엔진이 배 밖으로 달린 스피드 보트)는 물때에 맞춰 다른 곳에도 배를 댈 수 있다.

내가 처음 이 섬을 방문했던 때, 선착장이 없을 때 객선은 남쪽 무등골 마을로 돌아가는 코빼기(바다 쪽으로 구부러져 나온 부분)의 갯가 바위에 배를 대고 쇠사다리를 걸쳐 놓고 내려왔는데, 배에 오르내릴 때마다 아슬아슬 했다.

5년 전, 작은 마을에 어울리지 않는 20미터 길이의 거창한 시멘트 구조물이 들어서 선착장이란 이름이 어울리게 되고, 주민들이 다니던 흙길도 콘크리트 길로 바뀌었다.

뱃머리는 사람들의 만남과 헤어짐이 이루어지는 곳이다. 뭍에서 누군가 들어온다는 연락을 받으면, 오후 세 시, 목포에서 떠나 하루에 한 번 들어오는 객선을 맞으러 뱃머리로 나간다. 오랜만에 들어오는 자식들과 손주들뿐 아니라, 자식들의 소개로 신세지러 들어오는 낚시꾼이나 외지의 손님들도 반갑기는 마찬가지다. 사람이 귀한 외로운 섬에 누구라도 와 주면 좋은 것이다.

출입구가 하나인 섬에는 비밀이 없다. 어느 집 자식이 들어오면서 뭘 사가지고 왔는지도 뻔히 안다. 집집이 적지 않은 자식들을 격식을 차려 출가시키기 어려운 섬 부모들은, 들어올 때마다 매번 다른 짝을 데리고 오는 막내나 손주들도 반갑게 맞을 수밖에 없다.

뱃머리에 반가운 만남만 있는 것도 아니다. 고령의 어머니를 뵙고 떠나는 자식들은 이게 마지막이 아닐까 마음이 편치 않다. 뱃길이 멀어 자주 올 수도, 또 급박한 일을 당했대도 하루에 찾아오기 어렵다. 보내는 부모들도 자식들을 다시 볼 수 있다는 마음은 접어둔다. 그러하기에 뱃머리에서의 이별은 섭섭함을 넘어 비장함까지 느끼게 한다.

뱃머리는 온갖 소문의 진원지이기도 하다. 동네 사람 두셋이 모여 한 얘기는 한 시간이 못 되어 섬에 퍼진다.

작년에 상처한 칠순이 가까운 목사님이 강원도 어디에 재혼할 여자가 있다는 둥, 얼마 전 사선(私船)을 불러 타고 갑자기 나간 오 장로가 서울 병원에서 사경을 헤매고 있다는 얘기까지(남편 오 장로는 지난 달 급성요로결석으로 서울 병원에 다녀왔다.) 사실과는 무관하고 과장된 얘깃거리도 만들어지는 곳이다.

그러나 평시의 뱃머리는 한적하기 짝이 없다. 갈매기들만 친구 되어 나른다. 너무 많은 소문과 애환을 알고 있기에 입을 다물고 있는지도 모르겠다.

선착장에서 아침 배를 기다리는 할머니들

　　　　　　　　　　　　　　　　　　병이 나 뭍에 나가려고 선착장에서
배를 기다리는 윤 할머니 얼굴에 섬을 떠나는 쓸쓸함이 짙게 배어 있다. 이렇게 나갔다
가 두 달만에야 섬에 들어오셨다.

손님

서울을 출발해 찻길과 뱃길을 합쳐 열 시간 가까이 걸리는 이 섬
까지 찾아오는 그 누구라도 우리에게는 귀한 손님이다. 섬에 들
어오기로 작정했더라도 한번에 들어오기가 쉽지 않다. 바람과 파
도라는 변수가 종종 발목을 잡기 때문이다.

　지난 주 귀한 손님이 들어왔다. 미국 몬트레이라는 태평양 연안
의 해변 도시에 사는 목사님의 부인이다. 섬에 들어오기 전까지
남편 오 장로가 일했던 기독교 구호기관인 월드비전의 국제 본
부에 오래 근무하면서 남편과 알게 된 분이다. 나와는 첫 만남이
다.

　기독교타임즈에 연재되는 나의 글을 인터넷으로 열심히 읽고,

한국에 오면 우리가 사는 섬에 꼭 오겠다고 약속했던 터다. 마침 서울에 사는 딸 내외를 방문하러 왔다가 그 약속을 지킨 것이다.

서울에서 새벽 여섯 시 이십 분 고속버스를 타고 목포에 도착해, 하루에 한 번 들어오는 우이도 행 '섬사랑 6호'를 타고 오후에 무사히 도착했다. 목포를 출항해 세 시간 동안 배를 타고 들어오면서 바라보는 우리나라 서해안의 섬들이 그렇게 정답고 아름다운 줄 몰랐다며 감탄을 연발했다.

이튿날은 마세 후박과 비파밭, 매화밭의 나무들을 둘러보고, 뗄밭 리브가 우물에서 함께 물을 길었다. 봄바람이 제법 쌀쌀해 폐가 마당에 불을 지피고, 가래떡을 굽는 사이 달래와 쑥을 캐며 즐거워했다.

섬 교실에서 두 밤을 자고, 다섯 번 함께 식사를 했다. 가슴속의 진솔한 얘기들이 저절로 흘러나왔다. 섬에 들어와 며칠 함께 지내면 누구든 이렇게 친해지지 않을 수 없다.

섬은 지금이 갈수기다. 작년 가을에 공동 집수 탱크에 받아놓은 물을 아직 쓰고 있다. 봄비가 흠씬 내려 샘이 터질 때까지 물을 최대한 아껴야 하는 시기다. 물을 많이 소비하는 주범은 집집마다 설치한 섬에 어울리지 않는 수세식 변기다.

이런 때 남편은 주로 밖에 나가 해결하고, 나도 화장실 변기의 물 사용하는 것을 최대한 제한한다. 손님에게는 미안한 노릇이다. 그런데 이 분은 평소 미국 집에서도 이런 물 절약과 검약이 몸에 배인 분이었다. 자원을 아끼고 절약하며 검소하게 사는 것은 언제 어디서나 미덕이라고 우리는 입을 모았다. 마음이 서로 맞춘 듯 했다.

떠나는 날 아침은 콩나물죽에 전 날 캐온 달래장을 얹었다. 섬의 모든 식사가 더할 나위 없는 건강식이라고 맛있게 드는 모습이 나를 무척 기쁘게 했다.

뱃머리에서 우리는 십년지기나 되는 듯 정겨운 포옹을 하고, 다음 방문에는 남편 목사님도 함께 할 것을 약속했다. 떠난 후에 보니 방명록에 이런 글이 적혀 있었다.

몸과 마음, 영이 그동안 편안하게 쉼을 갖고 떠납니다.
두 분의 맑고 순수한 사랑이 이 대자연 속에 감명 깊도록 아름다운 조화를 이룹니다.
오랫동안 기억하며 이곳과 두 분을 그리워할 것입니다.
주님 안에서 사랑합니다.

윤청섭

우이도에서 바라본 바다

바다는 언제나 변함없이 거기 있지만, 시시때때로 모습을
달리한다. 태풍과 함께 포효하다가도 한없는 잔잔함으로 우리에게 평안을 준다.

폴로 이야기

폴로는 우리 집 강아지 이름이다. 섬 태생은 아니다. 그런데 어떻게 섬까지 오게 됐을까? 2년 전 서울에 있는 작은 아들한테 전화가 왔다. 둘 다 직장 생활하는 아들 내외는 주말에 한 번씩 집에서 가까운 문화촌 시장엘 간다. 거기엔 서울에서는 보기 드문 재래시장이 있다. 아들 내외는 현대식 상가보다는 이 재래식 시장을 좋아해 여기서 장도 보고 국밥도 사먹곤 한다.

그 날도 둘이서 시장에 들려 여기 저기 둘러보다가 야채가게 앞에 발을 멈추게 되었다. 가게 입구 기둥에 매여 있는 강아지가 처음 보는 아들 내외에게 낑낑대며 꼬리를 흔들고 반기는 것이었다. 너무 귀여워 한참 드려다 보고 있었더니, 처음 보는 주인아저씨 왈 "예쁘면 가져다 키우세요."하는 것이다.

330

아들은 강아지 사진을 찍어 섬으로 보냈다. 엄마 아버지 섬에서 외로우신데 데려다 키우시라는 문자도 왔다. 우리 부부는 그동안 섬에서 강아지를 여러 마리 키웠다. 어렸을 때는 문제가 없다가 성견이 된 후 동네 염소를 잡아 죽이는 바람에 이웃 간 거북하기도 했고, 여러 차례 배상을 하는 등 낭패를 본 경험이 있어 이제 개는 키우지 않기로 했던 터다. 아들은 이 강아지는 스피츠 종자라 절대 그런 일은 없을 거라며 벌써 강아지를 집에 데려다 놓았다 했다. 사진을 보니 귀엽기도 하고 우선 염소를 위협할 종자가 아니라는 것에 솔깃해 허락했다. 강아지를 혼자 보낼 수는 없는 노릇이라 남편이 짬을 내서 서울에 올라가 버스를 타고 목포로 와서 다시 배로 세 시간 걸려 섬에 데리고 들어왔다.

그 후, 폴로는 우리와 한식구나 다름없게 되었다. '폴로'라는 이름은 당시 유학 간 아버지와 함께 미국서 초등학교를 다니던 손주들의 학교 이름이었다. 강아지는 유난히 정이 많고 영리해 주인이 좋아하고 싫어하는 걸 금방 알아차렸다. 부르면 곁에 와서 몸을 부비고 겨드랑이 속으로 파고들며 각별한 애정을 표시했다. 주인이 가는 곳에는 어디든 따라가야 하는 줄 안다. 고사리 꺾으러 가기도, 산 넘어 우물까지 물 길러도, 배 타고 무인도에도 함께 가기도 한다. 매일 새벽 네 시 삼십 분에 남편이 새벽 기도를 가려고 현관문을 나서면 벌써 문 밖에서 딱 대기하고 있다. 예배 드리는 동안에는 교회 현관에 얌전히 앉아 기다린다.

폴로를 제일 좋아하는 건 역시 세 손주들이다. 수시로 폴로 안부를 묻고, 할아버지는 폴로의 모습을 사진 찍어 이메일로 보낸다. 지난 겨울, 5학년, 3학년, 1학년 세 손주들이 겨울방학을 해 섬에 들어왔다. 그 날은 마침 폴로가 장가가는 날 이었다. 이웃 섬에 적당한 폴로 신부감이 있어 혼례를 치르기로 약속했다. 폴로는 선착장에서부터 설레는 모습이었다. 만나자 마자 둘은 마음이 딱 합했다. 우리 집 마당 잔디밭에서 공개적으로 혼례식을 치르는 모습을 세 손주들이 나란히 앉아 신기하게 구경하는 진풍경이 벌어졌다. 열한 살짜리 큰 손자가 "할아버지, 저게 뭐하는 거예요?"고 묻는다. "그건 폴로가 씨 뿌리고 있는 거란다."라고 하자 손주들은 알겠다는 듯 고개를 끄덕거렸다. 그리고 두 달 후인 지난 3월 말, 드디어 폴로가 씨 뿌린 새끼 네 마리 중 암컷 한 마리를 보내 왔다. 수컷을 빌린 값으로 새끼 한 마리를 주는 게 이 동네의 불문율이다. 네 발의 하얀 털과 미간을 타고 내린 흰 줄까지 폴로와 꼭 닮은 새끼가 우리 집에 왔지만 폴로는 아는 듯 모르는 듯 담담한 눈빛이었다.

강아지를 좋아하는 윗집 윤 할머니 댁에 드렸다. 윤 할머니 댁에는 장가보내야할 새끼 강아지가 또 한 마리 있기 때문이다. 그 후 강아지 세 마리가 날마다 우리 마당에서 어울려 논다. 딸 앞이어서인지 아버지 폴로는 훨씬 의젓하게 보인다. 외로운 섬에서 폴로는 우리 부부에게 네 번째 손주나 다름없다.

강아지들의 엄마가 된 나

　　　　　　　　　　　　　데려다 키운 새끼가 성견이 돼 짝을 찾고, 새끼를 낳는
과정이 동물과 사람이 다를 바 없고 신비하고 신기롭기만 하다. 외로운 섬에서는 모두
가 사랑의 대상이다.

국립중앙도서관 출판시도서목록(CIP)

우근우근하시지라 / 지은이: 지정희. — 인천 : 홍림, 2014
  p. ; cm

ISBN 978-89-6934-001-6 03810 : ₩14000

기독교[基督敎]
수필[隨筆]

230.4-KDC5
230.002-DDC21   CIP2014005414